벽장 속 해변

벽장 속 해변

초판 1쇄 인쇄   2016년 10월 17일
초판 1쇄 발행   2016년 10월 24일
지은이   김성춘 강봉덕 권기만 권영해 권주열 김익경 이원복 정창준
펴낸이   김진수
펴낸곳   사문난적

출판등록   2008년 2월 29일 제313-2008-00041호
주소   서울시 강서구 염창동 268번지
전화   02-324-5342
팩스   02-324-5388

ISBN   978-89-94122-46-5

이 책은 울산광역시 문화예술육성지원기금을 일부 지원받아 출판되었습니다

<수요시 포럼>
제13집

벽장 속
해변

벽장 속
해변

사문난적

차례

허만하   초대시론 · 이름 부르기의 시원   6

김성춘   冊 / 옥룡암에서 · 2 / 음악처럼 장미 폭발하고 / 황홀한 면회
        산문 · '詩人 최하림'과 '안드레이 타르코프스키'   19

강봉덕   고래의 일몰 / 수몰지구를 지나며 / 문수구장 동문 4 너머
        / 새들의 정치학 / 구룡포에서 2
        산문 · 그 섬에 가고 싶다   37

권기만   과식 / 연어가 돌아왔다 / 과일상자 / 꿈 파는 가게 / 물질전이계수
        산문 · 시와 극빈   51

권영해   주전자 보살 입적기入寂記 / 읍천항邑川港에서 / 꽃무릇
        / 마니차 摩尼車를 돌리며 / 목련, 지다
        산문 · 눈뜨다, 눈감다   65

권주열   파리하지 않고 커피 / 목매단 기호의 숲 / 구름의 옛날 방식
        / 이명耳鳴 / 포락선
        산문 · 디기탈리스   84

김익경   목 없는 얼굴 / 초면들 / 허니문 베이비 / 크리넥스 / 무거운 식단
         산문 · 말이 되었으면 좋겠다   104

이원복   짝사랑 / Sunburst / 무화과 꽃 / 벽장 속 하모니카 / 단풍병동
         산문 · 현세는 하나의 거대한 자궁 안이다   117

정창준   모나미 153 / WELCOME JUICE / 이상성애 강철거인
         / 음성학개론 / 루시드 드림
         산문 · 얼굴들   136

수요시가 주목하는 젊은 시인   153
         안민 · 실낙원 / 모래시계
         이소호 · 직소 / 시진이네
         김관용 · 먼 곳에서 갈대 / 다온의 침로

공전의 저편, 수요시포럼   169

허
만
하

1957년 《문학예술》 추천으로 등단, 시집으로 《해조》, 《비는 수직으로 서서 죽는다》, 《물은 목마름 쪽으로 흐른다》, 《야생의 꽃》, 《바다의 성분》, 《시의 계절은 겨울이다》가 있다. 시선집 《허만하 시선집》과 시론집 《시의 근원을 찾아서》를 펴냈다. 상화시인상, 박용래문학상, 한국시협상, 이산문학상, 청마문학상, 육사시문학상, 목월문학상, 대한민국예술상 등을 수상했다.

이름 부르기의 시원

1.

현대 철학의 기본 성격은 그것이 '언어'에 대한 사상이란 점에 있다. 근대언어학은 인간이 언어를 가지고 있다(언어는 인간에 귀속한다)고 생각했다. 20세기에 들어서서 있었던 〈언어론의 전회〉(소쉬르) 이후, 인간과 언어 사이의 관계에 역전이 일어나 언어가 주인이 되고 인간이 종이 되기에 이르렀다.

따라서 인간의 식별능력이 바깥을 여러 사물로 가르는 것이 아니라, 언어가 세계를 가른다고 생각하게 되었다. 다시 말해 존재는 인간의 식별능력 또는 언어의 분절능력에 따라 윤곽을 가지게 되었다. 어떤 언어 체계에서는 개와 늑대의 분절이 없기 때문에 늑대는 개의 분절 안에서 지워져 소멸한다. 그러나 벤야민의 의견은 전혀 다르다. 그는 인간이 바깥을 이름 짓는 것이 아니고, 그렇다고 언어가 존재를 분절하는 것도 아니다. 그에 의하면 사물 쪽에서 먼저 인간에게 말을 걸어온다는 것이다. 그 말에 대한 응답으로서 인간은 그들에게 이름을 준다는 것이다. 이것이 인간의 이름 짓기의 본질이란 것이 그의 주장이다. 세계 제1차대전(1914~1018) 발발 때 벤야민은 조용히 보들레르를 번역했었다. 번역에 집중하면서 벤야민은 '순수언어'를 발견한 한편, 사물이 먼저 사람에게 말을 걸어 올 때 그에 대한 응답이 바로 그 사물의 이름이 된다는 생각을 하기에 이르렀다.

이런 사색은 하이데거의 명명에 대한 다음 대답을 떠올려 준다. 선생님이 시간의 본질을 찾고 있었던 때, '존재의 의미 Sinn vonSein'로서 구하고 있던 것에, 왜 고유한 이름을 당장 지어주려 하지 않았습니까 하는 물음에 대한 대답니다.

이름을 찾아내기 위해서는, 무엇보다도, 이름 지으려 하는 말(was nennende Wort)로 부터의 부름이 없어서는 안됩니다.

— 〈말에 대한 대화〉(1953-54)

하이데거의 이 말은 당연히 김춘수의 〈꽃〉의 첫 구절을 떠올려 준다. 이름을 먼저 불렀던 것은 '내'가 아니라 꽃이었던 것이다. 마산여고 교무실 김춘수 시인 책상 위 빈 유리병에

꽂혀 있던 꽃이었던 것이다. 김춘수 시인이 들었던 그 꽃의 목소리가 우주 공간에서는 사라졌지만, 〈꽃〉(1952년 대구에서 창간되고 창간호로 사라진 《시와 시론》에 발표)에 녹아 들어, 살아 있는 부름으로 변용한 사실을 수업에서 돌아온 국어선생님의 시선이 잠시 머물렀던 꽃 자신은 짐작이라도 할 수 있었을까.

　나는 위에서 든 하이데거의 대답을 만났을 때, 사색하는 사람과 시 쓰는 사람은 뿌리가 같으면서 서로 떨어져 있는 산정에 살면서 서로를 부르고 있다고 말한 하이데거의 시적 표현의 아름다운 깊이를 생각했었다. 두 산정을 가르는 산협을 떠나지 않고 있는 부름의 메아리를 느낄 수 있었던 것이다. 인간의 사유는 존재가 말이 되는 터전이란 것이 그의 뜻이었다.
　나는 다시 세잔을 생각한다. 메를로 퐁티는 세계가 우리를 만지는(꽃이 말을 걸어오는) 방식이 눈에 보이도록 하려는데 세잔의 어려움이 있었다고 썼었다.
　인간은 일단 언어의 바다에 떠 있는 섬으로 있는 것이다. 우리는 멀리 떠 있는 다른 섬을 향하여 손을 흔드는 것이다. 그 동작이 소리가 되는 것이 언어다. 시는 그 목소리가 다른 섬에 도착하지 못하는 전제를 승인하고도 흔드는 손짓이다.

전달의 수단이면서 전달 불가능한 두께를 가진 언어의 성질은 도발적이다. 시는 여전히 언어를 도구 삼아 세계를 파악한다. 시는 단지 상대를 부를 수 있을 뿐이다. 흔히 그것이 흰 물결 소리에 묻혀버리거나, 하늘에서 자취 없이 사라져버리는 것을 경험한다. 수평선을 향하여 돌아가는 물결이 저렇게 자유롭게 보이는 것은 물결이 섬에 도착하지 않아도 좋다는 것을 알기 때문이다.

2.

이름짓기는 대상이 사물일 때라는 제한을 가지는 것일까. 그렇지 않은 것 같다. 우리들은 우리들 가슴 속 파토스의 풍경에도 이름을 지었었다. 기쁨과 슬픔이라고 이름을 지어주었었다. 언어는 의식의 내부에서도 일한다. 대상 인식의 표현으로서의 언어의 작용(다른 한 작용은 교류적 표현으로서의 작용이다 – 레비나스)은 대상을 가리지 않는다.

레비나스는 언어의 본질을 인식에서 떼내어, 언어의 교류적 기능을 강조함으로서, 언어와 사유의 고전적 이론, 사유의 반영 내지 도구로서의 언어를 이해하는 이론을 거부한다. 더욱 레비나스는 예술적 활동을 포함하는 표현적 활동 일반으로서의 언어를 생각하는 현대적 이론마저 거부한다. 그는 전달은 사유에 있어서 부수적인 것이 아니라 사유의 객관성에 있어서 본질적인 것이라 주장한다. 언어는 교류적 언설 안에서 의미의 최초의 동일성을 가진다는 것이다. 의미의 창설은 교류적 언설에 기인하는 것이지 후설의 현상학이 상정하는 것 같은 고독한 심적 생활에 있어서의 모놀로그(고독한 내언)에 기인하는 것이 아닌 것이 된다. 그에 의하면 언어는 의식의 내부에서 일하는 것이 아니라, 타인으로부터 내한테 온다는 것이다. 나는 연전에 "인류가 지상에서 절멸하는 그때, (타자 없는) 최후의 한 사람이 눈감으며 눈물처럼 흘리는 말"을 말했었다(〈우산을 들고 있는 사나이〉,《현대문학》). 그것은 레비나스의 언어체계에서 상정할 수 없는 것이었다. 나는 타자의 눈길에서 벗어나는 터전에서 사물의 부름을 들을 수 있다고 생각했었다. 나는 독특한 것으로서의 실존을 생각했었다. 실존은 관념이 아니라 의무라 생각한 것은 한국동란이 끝날 무렵의 어지러운 사상의 소용돌이 속에서 맞이한 대학 초년생 무렵이었다. 나는 언어의 모순을 생각하게 되었다. 언어는 실존을 가치로 하면서 본질적으로 추상화된 일반성, 보편성을 향하고 있는 것이다. 그 모순은 언어에 있어서 운명적인 것이다. 그 운명을 깨닫고 여린 언어는 괴로움을 안에 숨기고 반듯한 채 한다. 언어가 짓는 그 표정을 확인하면서, 나는 벤야민의 키워드 '지금Jeztzeit'을 그와는 다른 차원에서 해석하고, 한 인간이 지금 이곳에서 살고 있는 일의 독특함, 특이성을 존중하고, 그것에 정직하고 싶었다. 시 쓰기는 타자의 주소 없이 띄우는 편지일 수 있는 것이다. 시는 그렇게 허전한 것이다.

레비나스는 동사는 이따금 사건을 가리키는 것, 즉 사건의 이름으로 이해되기 쉽다는 사실을 지적한다. 그리고 동사는 행위와 사건을 가리키는 일을 그만둠으로서 동사성을 얻는다고 말한다.

그에 따르면, 명사는, 동사가 하듯이 시간형식 아래서 다양한 종합을 하는 것이 아니라, 존재자를 지시하기 위한 말이다. 따라서 명사는 말에 따라서 '저것으로서의 이것'이라는 동일성을 자발적으로 제정한다. 동일성을 반영하는 것이 아니라, 현상의 발생에 기여한다. 말은 '저것으로서의 이것'을 동일화하여, 다양에 있어서 같은 것의 동일성을 선포한다. 문文은 무엇을 표현하는데 대해서 말은 이름 짓는 일을 한다. 그러나 말은 문 안에 자리하여야 비로소 활기를 띄는 것이다. 이런 바탕 위에서, 엘름슬레우Louis Hjelemslev(1800~1965)는 시의 단위를 문(언설)이라 했었다.

레비나스는 "현상 그것이 현상학이다"(〈말해진 것과 말하는 일〉, 1971)이란 논문에서 명시적으로 말한다. 이 말은 현상은 원 – 언설原 – 言說이며, 체험은 이미 그 나타남에 있어서 말해지고 있다. 따라서 현상학은 이 원 – 언설, 현상의 로고스를 다시 밝히는 일이다. 이런 바탕에서, 현행 언어 가운데의 이름 짓기의 동일화 작용도, 원 – 언어를 상정하는 일이 가능해진다. 언어의 동일화 작용은 한 기호체계의 사용을 규칙화하는 관습적인 코드의 효과에 의해서 현상 바깥에서 덧붙여지는 것이 아닌 것이 된다. 이 원 – 언어에 의해서 역사적으로 구성된 어휘로서의 말은 기호의 기능과 운용을 찾아낸다. 따라서 현행 언어(= 현세적 actual 언어)는 원 – 언어(잠재적 언어)에 의존해 있는 것이 된다. 레비나스는 이 잠재적인 원 – 언어를 〈말해진 것Le Dit〉이라 부르고, 이에 대하여, 현세적인 언어를 〈말하는 일le Dire〉이라 부른다. 나는 그의 이와 같은 분류– Le Dit를 상정하는 그의 사상에서 플라톤의 이데아와의 유연성을 느낀다. 역사적 지층의 밑바닥 그 너머에서 우리가 쓰고 있는 말의 본을 찾는 그의 언어 사상에서 벤야민과 하이데거 못지않는 관념성을 느끼고 의아해 했었다. 철학의 그리스적 성격을 비판하는데 평생을 바친 그에게 어울리지 않은 것을 느낀다. 나는 일단 레비나스 사상의 근원에 대한 노스탤지어라고 부를 수밖에 없는 시적 성질이 있다는 사실을 지적하며, 그것이 행여 나의 읽기에 잘못이 있는지를 다시 살펴보고 있다.

내가 지금 무엇을 말하는 것은 내가 지금 이곳에서 의미하고 있는 것이 아닌 것이다. 의미하고 있는 주체는 기호 또는 말 그 자체인 것이다. 주체로서의 내가 아니고 기호가 의미하고 있는 것이다. 기호는 주체의 부재와 소멸을 넘어서서 의미하기 때문에 기호인 것이다. 이러한 사실은 오래 전에 말라르메가 이야기한 바다. 우리들은 실재로 이승을 떠나고 없는 시인, 평론가가 남긴 텍스트를 열심히 이해하려 노력하고 있는 것이다. 흰 바탕에 남아 있는 잉크의 얼룩이 그것을 지은자의 부재를 넘어서서 지금도 여전히 우리를 부르고 있는 것이다. 레비나스가 '스스로를 ― 기호로 한다 se-faire-signe'는 표현을 쓴 것은 이런 항간의 사정과 무관 하지 않다.

레비나스도 형식논리를 거절한다. 형식 논리로서는 이르지 못하는 사유의 수준을 적극적으로 인정하는 것이다. 그의 대저 《전체와 무한》이 이따금 랭보의 시 구절, 셰익스피어의 희곡에 자연스럽게 의지하는 것도 그런 인식의 나타남이라 파악하고 지난 6월 발표한 시론 〈시적 언어에 다가서기 위한 탐색 9가지〉 제6절(《예술가》, 2015 여름호)에서 그 취지를 밝힌 바 있다. 레비나스는 언어를 둘러싸는 절망적인 인식에서 출발하여 아직도 말하기를 계속하며, 다시 고쳐 말하고, 말한 것을 취소하고 다시 말에 대해서 말한다. 자신의 언어에 대한 데리다의 비판에 대해서, 스스로 '전어 철회dedire'를 말하기도 했다. 이런 그의 자세는 지금 막 1백미터 경주 출발점에 서 있는 자세처럼 싱싱한 폭발 직전에 있는 것 같다. 우리는 정지해 있는 그의 자세에서 육박을 느끼며 시를 다시 쓰고 다시 지우고 다시 고쳐 쓰는 것이다. 그러는 사이에 참된 시인은 물고기 옆구리처럼 번뜩이는 시적 언어의 성질을 느끼고 그 정체를 밝히려 하기 마련이다.

3.

명명은 부정의 힘을 가진다. 인간이 이름을 부를 때 그 대상을 무화한다. 데리다는 그것을 대상의 살육이라 불렀다.

"내가 '꽃'이라 말할 때 내 목소리 어떤 뚜렷한 윤곽조차 남기지 않고, 그 자리에서 잊혀져버린다. 그러나 동시에, 우리들이 알고 있는 꽃과는 다른, 현실의 어떤 꽃다발에도 없는, 향기로운 꽃의 관념 그것이, 말이 가지는 음악의 작용으로 떠오른다"(말라르메, 〈시의 위기〉, 1897)는 유명한 시론을 보강하듯이 데리다는 다음과 같이 말한다(말라르메는 〈시의 위기〉란 한 제목으로 서로 다른 많은 시론을 발표했었다. 따라서 발표년도의 구별

이 중요하다).

휠덜린과 말라르메, 그리고 일반적으로 그 시가 시의 본질을 테마로 하는 모든 사람은 이름 짓는 행위 안에 사람을 불안하게 할 정도의 경이를 보고 있었다. 말은 그것이 의미하는 것을 내한테 주지만, 먼저 그것을 말소한다. 내가 이 여자 라고 부를 수 있기 위해서는, 나는 어떤 방식으로 그 여인한테서 실재성을 빼내어, 그 여자를 부재로 하여 무화시키지 않으면 안된다. 말은 나에게 존재를 주지만, 존재를 빼앗긴 존재를 나에게 주는 것이다.

― 《모리스 블링쇼는 죽었다》(2003)에서

내가 꽃이라 부를 때, 벤야민과 하이데거의 어법을 빌려 꽃이 나에게 말을 걸어 올 때, 그 말은 알맹이(의미)가 없는 소리에 지나지 않는 것이다. 김춘수는 말년에 알맹이가 없는 소리의 실재에 기대어 그것으로 시를 쓰고자 진지하게 애쓰다가(무의미 시) 그 일에 성공하지 못했다.

데리다는 문학언어는 문학을 앞서는 것을 탐구하는 일이라 말한다. 문학은 자기를 앞서는 것을 실재existence라 부른다.

언어의 근본인데도 인간이 그것을 말하기 위하여 언어가 배제하는 것을 바라본다. 꽃이란 말을 들을 때 말의 밑바닥에서, 자신을 관통하는, 내가 맡을 수 없는 향내를, 흔적도 아니고 앞도 아닌 그 빛깔을 본다고 말하는 말라르메를 두고 데리다는 다시 묻고 대답한다. "내가 거부하고 있는 것에 도달하려는 나의 희망은 대체 어디에 살고 있는 것일까? 언어의 물질성 안에 있고, 말도 또 사물이고, 자연이고, 나에게 주어지고 내가 이해 할 수 있는 이상이 나에게 주어진 사실 안에 있다." 언어는 시인에게 하나의 장애인 동시에 하나의 기회다.

꽃이 필 무렵, 진해의 벚꽃이 한참일 때, 나는 진해에서 김춘수 시인과 한 방에서 잔 적이 있다. 정확한 연도는 잊어 버렸지만, 제법 옛날, 진해 군항제 행사의 일환으로 열렸던 문학 강연회 강사로 김춘수 시인과 젊은 내가 초청되었던 것이다. 공식 행사가 끝나고, 두 사람은 주최측 뜻에 따라, 흑백 다방에서 바로 가까운 한 여관방에서 자게 되었던 것이다. 그때 흑백다방의 화가 유택렬씨가 방을 찾아와 인사를 나누고 이야기가 벌어졌다. 그 전에 찾아왔던 황하수 시인 일행이 들고 왔던 청주 한 병이 마개가 따진 채 사이에 끼어들었던 것 같다. 구면인 두 분 이야기(사람 이름이 많이 나왔다)를 나는 들으며 경남지역 예술사의 현실적인 민얼굴을 느꼈었다. 김춘수 시인의 시에 나오는 K화백도 그날 그 방에서 만나 여러 이야기를 서로 나눌 수 있었다. 개념적인 이야기의 교차 끝에, 듣게 된 그의 만주 시절 이야기가 진솔하고 흥미 있었다.

그 해 문학행사 프로그램 표지에 펜을 잡고 거의 주먹이 되어있는 벤 샨의 손 그림이 인쇄되어 있던 일이 생각난다. 사실, 그 그림은 릴케의 《말테의 수기》에 나오는 "한 줄의 시를 위해서는 −"의 황홀한 이미지에 따라 그가 제작한 24점 석판화 가운데의 하나다. 그는 모던아트는 회화에서 의미와 내용을 제거하려 하고 있다는 말을 남겼다.

시적 언어에 대한 관심을 나는 희미하게나마, 그 무렵부터 가지고 있었던 것이 아닌가, 문득 생각이 든다. 시적 언어의 성질에 관한 물음을 내가 만들어 내는 것이 아니라, 그 쪽에서 수수께끼가 되어 흰 물보라를 거느리고 내한테로 밀려드는 것을 나는 그 무렵 느끼고 있었던 것이다.

· 김
성
춘 ·

1974년 제1회 《심상》 신인상(박목월 추천)으로 등단. 시집으로 《방어진 시편》,
《물소리 천사》 외 다수. 시선집 《나는 가끔 빨간 입술이고 싶다》가 있음. 제1회
울산문학상, 제2회 월간문학 동리상, 경상남도 문화상 문학부문, 바움문학상, 최계
락 문학상, 가톨릭문학상 등 수상. 현)계간지 《동리목월》 주간.
kimsungchoon@hanmail.net

卌

책 정리를 한다. 책 속에도 길이 보이지 않는다. 읽지 않은 책이 읽은 책보다 압도적으로 많다 압도적인 책들에 내 정신 얼마나 납작해졌을까 너무 많은 것은 아무 것도 없는 것 먼지 낀 책은 먼지만큼 더 무겁다 먼지의 갈피에서 엽서 한 장 툭, 떨어진다

사랑하는 아버지께, 방금 니스해변에서 돌아 왔습니다 붉은 달과 아름다운 노을을 보니 불현듯 아버지가 보고 싶어졌습니다 2006. 지훈 올림, 아, 열 번의 계절이 압도적으로 지나갔구나 내 것이 아닌 저 계절들, 바람이 분다 사랑하라 어둠은 생각보다 빨리 온다 사방이 어둑어둑 해지고 있다 찾아도 책 속에는 길이 보이지 않는다 어린 코끼리 한 마리 아직도 풀섶에서 토끼풀을 찾고 있다 길은 항상 견인차 처럼 멀리 있다

길은 사랑처럼 멀리서 온다 어린 코끼리 책을 베고 잠들어 있다 숨소리가 가쁘구나 어둠속에서 소쩍새가 울고 어린 코끼리 한 마리 어디론가 혼자 가고 있다 건강 잘 챙겨라 건강, 다시 책 정리를 한다 붉은 달이 서서히 꺼지고 사방이 금세 어둑어둑 해지고 있다.

옥룡암에서 · 2
― 陸史 생각

막이 열린다 물밑 같은 새벽

뻐꾸기 소리 새벽을 연다

흰 고무신 끌고 삼소헌三笑軒* 을 나와

그가 부처바위 쪽으로 어슬렁어슬렁 오른다

풀섶 사이 검은 뱀 한 마리 스쳐 지나간다

수척한 산과 하늘, 눈빛이 형형하다

'지금 눈 내리고 매화향기 홀로 아득하니' **

여긴 너무 춥고 캄캄해

저들은 저들의 앞날을 잘 몰라

---

* 　삼소헌三笑軒 : 남산 옥룡암에 있다. 이육사 시인이 투옥됐다 나온 후 석 달 간
　　머물 때 집필 했던 방
** 이육사의 시 〈광야〉에서

내가 도착한 이곳이 어디지? 새벽이 다시 켜지고

오후 내내 三笑軒 툇마루에 앉아 젖은 몸 말린다
내 몸이 나의 우주다
곰솔나무 두 그루 오늘 나의 친구
生은 늘 나에게 가혹 했다
나의 하루는 詩가 될까
오늘이 영원까지 아득히 이어져 있다
三笑軒에 밤이 켜지고
나의 시는 나의 상처
문틈 새로 老선사의 기침소리
소쩍새 소리 가을물 처럼 차다 호롱불 높인다
밤이 새파랗게 울고
허공의 언어를 캐며 시인은 싸우고 있다

'지금 눈 내리고 매화향기 홀로 아득하니'
남루한 이승에 왔다 간 곰솔나무 한 그루
바람이 말발굽 소리를 낸다.

음악처럼 장미 폭발하고

문을 박차고 나온 여자가 주정뱅이 남자를 향해 뛰어 간다
당신과의 사랑은 나의 운명이라고 울먹이며 뛰어 간다
테라스에서 또 다른 남자가 이 광경을 물끄러미 바라 본다
영화는 끝났는데, 피아졸라의 탱고 음악은 흐르고, 장미는
음악처럼 폭발하고, 사람들은 아코디언 소리에 젖어 들고
하늘엔 양떼구름 서서히 흑과 백으로 흘러 간다

일금 천원 주고 들어간 청춘극장 영화관, 그레이스 케리
주연 옛날 영화 주인공 대사가 귓가에 맴돈다. 장미빛 인생이
란 없어요 당신도 알고 나도 아는 이 말. 어디서나 무지개는
뜨고 갑자기 또 무지개는 사라지고, 앞서 걷던 사람이 거짓말
처럼 사라지고, 어제는 당신 쓸쓸하게 태어나 오늘 쓸쓸하게

떠나고, 오늘은 슬픔과 기쁨의 장미 한 다발, 당신이 내게 준 장미 한 다발, 어느새 노을처럼 떠나고, 영화는 끝났는데, 장미는 음악처럼 폭발하고 피아졸라 탱고 음악은 달콤하고, 사람들은 아코디언 소리에 젖어들고 하늘엔 양떼구름 흑과 백으로 서서히……

황홀한 면회

　어머니께서 면회를 오셨다 군 입대한 막내 보고 싶어 훈련병은 일체 면회할 수 없는 삼엄한 육군 훈련소 양산서 새벽 기차 타고 달걀말이 김밥과 떡 한보자기 싸 들고 내가 가르치던 초등학교 6학년 꼬마들 몇, 앞세우고 무식한 어머니께서 면회 오셨다 1966년 초여름 육군 훈련소, 그날, 새까만 훈련병인 나도, 훈련소도 깜짝 놀랐다 무식한 할머니가 꼬마 제자들과 멀리서 새벽기차 타고 산 너머 강 건너 옛 선생님 만나러 왔으니……

　얼마나 난감했을까 사상 초유의 특별 면회는 하느님께서 허락하셨나 보다 면회실도 아닌 유격훈련장 마른 개울가 땡볕 아래 이산가족처럼 난 어머닐 만났다 어머님의 손과 제자들 손, 말없이 잡고만 있었다 새까만 훈병, 그날, 김밥도 떡도 목을 넘

어가지 못했다

불쌍한…… 오오, 나의
깜깜이 막내 보러 이승엔 듯 저승엔 듯 오신
어머니, 오오, 세상에서 가장

'詩人 최하림' 과
'안드레이 타르코프스키'

최하림 형께,

지금은 세상 밖, 저 먼 우주의 공간 어디, 아득한 별 한 점으로 흐르고 있을 것만 같은 형을 불러 봅니다.

최하림형,

형과 나는 생전에 술 한 잔 함께 나누지도 못했고, 대화 한번 나누지도 못했습니다. 그러나 형은 제게 아주 가까운 선배처럼 언제나 다정하게 남아 있습니다.(저는 그저 멀리서 최하림 형을 훌륭한 한 시인으로 흠모하는 팬의 위치에 있었습니다)

그런데도 형께선 한참이나 새까만 후배인 울산 촌놈에게 형의 귀한 시집 《겨울 깊은 물소리》를 손수 보내주셨지요.

시집을 보니 안표지엔 '김성춘 님께, 하림' 이라고 단정히 쓴, 형의 친필 서명이 보이고, (날짜는 적혀 있지 않습니다) 시집의 발행 일자를 보니 1987년 12월 15일(출판사, 열음사)이니까 아마 이 시집을 받은 것은 1988년도 쯤이 아닐까 추측을 해봅니다. 왜 일면식도 없는 후배에게 귀한 시집을 보내 주셨을까. 지금도 궁금합니다.

시집 《겨울 깊은 물소리》를 보니, 요즘은 유행처럼 앞머리에 실리는 '시인의 말'도 없고, 대신 시집 끝에 '말과 현실'이라는 형의 '산문'이 실려 있군요.

형께서 이승을 하직한지가 벌써 6년이 흘렀습니다. 2010년 4월 22일 형께선 타계하셨으니까요. 시집을 받은 일이 30년이나 지난 일이라 기억이 가물가물 하기만 합니다.

제가 형의 얼굴을 (간접적으로나마) 실감 있게 본 것은, 지난 2008년 2월인 것 같습니다. 아마도 2007년 2월에 먼저 타계한 '오규원 시인 추모 1주기' 때 오규원 시인의 '서울예술대학교' 제자들이 스승인 '오 시인'을 추모하기 위해 만든 추모 동영상물에서였습니다.

그때 형께선 '서울예전'에서 함께, 시 창작교수로 재직했던 동료교수, 오규원 시인의 시세계와 오시인과 인간적으로 가까웠던 추억담을 잔잔한 목소리로 애기해 주셨습니다. 그때만 해도 건강하시던 형께서, 얼마 후 갑자기 타계 하실 줄은 그 누가 알았겠습니까? 안타깝습니다.

최형께서 '서울예전'의 훌륭한 시인 제자들을, 누구보다도 끔찍히 사랑하셨다는 애기는 형이 떠난 후, 후일담으로 문단 여기저기에서 많이 떠돌아다니더군요.

최하림 형,
그 뒤, 저는 형의 시집이 나올 때마다 책방에 가 형의 시집을 샀습니다. 형의 시 세계가 궁금했기 때문입니다. 시의 언어가 투명하면서도 사유 깊은 형의 세계가 매력적이었기 때문입니다. 시집, 《우리들을 위하여》, 《작은 마을에서》, 《겨울 깊은 물소리》, 《속이 보이는 심연으로》, 《굴참나무 숲에서 아이들이 온다》 등등 산문집 《숲이 아름다운 것은 그 곳이 비어 있기 때문이다》, 《멀리 보이는 마을》 등등.
형의 시와 산문은, 생에 대한 사유가 아주 깊은 예술세계에 가 닿아 있었습니다. 마치 '철학적 에세이' 같은, 울림이 큰 글들이었습니다. 시인은 철학자의 모습이었습니다.

'겨울 깊은 물소리' 시집에 실린 '말과 현실'이란 산문에서 '청화스님'을 만난 이야기가 잔잔하게 남습니다. 청화스님과 하직 인사를 할 때 스님께서 형께 주셨다는 말씀, 공감을 줍니다.

시도 선이잖습니까, 열심히 좋은 시 쓰시고, 틈 있으시거든 새벽에 십 분이나 십 오분 쯤, 벽을 향해 묵상 하십시오. 몸에나 맘에 다 좋을 겁니다

그런데 형께선 그 후로 한 번도 새벽에 벽 앞에 서 보지 못했다고 부끄러운 고백을 하고 있군요.

숲 속이 아름다운 것은, 그 곳에서 생각에 잠길 수 있는 것은,
그 곳이 비어 있기 때문이다.

최근에 최형께서 좋아한다는 '산문 한 줄' 도 참 좋은 느낌을 줍니다.

살아 있다는 것은 작은 승리이다. 살아 있다는 것은 ,이별과 범죄에도 불구하고, 기뻐 할 수 있다는 것을 말한다. 그러므로 유형지는 또 하나의 가능한 나라에 대한 증언이 될 것이다.

그렇습니다, 형의 말씀처럼,

우리에게 말이란 무엇인가?

우리에게 말은 선택이고 투사이다.

말은 책임지지 않으면 안 되고, 비쳐진 세계를 보고 판단하고 실천하지 않으면 안 된다. 그러므로 말은 형벌 바로 그것이다. 우리는 왜 말을 하는가? 우리 자신의 존재를 말을 통해서 확인하고 확인 받으려 하기 때문이 아닌가. 그리고 말만이 사랑으로 우리를 감싸주고 쓰다듬어 주고 꿈꾸게 하기 때문이다. 말이 세계를 변하게 할 수 없을지 모른다. 그러나 말이 작용하는 진정한 역사는 사랑이다. 사랑함으로써 우리를 거듭 나게 한다. 따라서 말은 사랑이다. 우리는 말에 대해 시에 대해 작은 믿음으로 시작해야 한다.

그리고, 이 시집에는 내가 좋아하는 '김종삼 시인'에게 화답한 형의 시, 〈말〉이란 시가 있군요.

누군가 나에게 물었다, 시는 어디에 있느냐고. 나는 시들은 매달 쓰레기처럼 쏟아져 나오는 문학지와 신문과 여성지의 꼬트머리에 붙어 있는 문예란에 있으며, 정말 쓰레기처럼 쏟아져 나오는 시집들과 동인지 속에 있다고 말하려 했으나 입을

다물어 버렸다. 그는, 시는 시인의 마음속에 눈길 속에 있으며
타오르는 불길 같은 열의 속에 있다고 생각하는 것 같았다. 나
는 그렇다고도 그렇지 않다고도 말하지 않았다. 나는 가을 들
녘을 지나서 겨울 숲을 걸었다. 다시 다음에도 나는 가을들과
겨울 숲을 걸었다. 가지들이 얼어붙은 소리가 귀를 울리고 삼
나무 숲이 하늘 끝으로 솟아올랐다. 시간의 벽에서 패랭이가
고개 숙이고 있었다. 옛날에 내가 보았던 패랭이가 시간 속에
서 푸르게 푸르게 고개 숙이고 있었다.

– 〈말, 김종삼의 '누군가 나에게 물었다'에 화답하여〉

*

최하림형, 그 곳에서도 시와 음악과 숲을 영원히 사랑하는
삶이시기를 비옵니다.

'안드레이 타르코프스키'의 영화
– 〈희생〉에 대해서

나는 러시아 영화 감독, 안드레이 타르코프스키를 좋아한다.
"영화 감독은 철학자가 되었을 때만 비로소 예술가이고,

그때 영화는 예술이 될 수 있다"고 말했던 타르코프스키.

감독이 되고자 하는 것은 자기의 전 생애를 모험에 거는 일이다

"탁류 같은 오늘의 물질주의 세계에서 드높은 인간의 영성을 추구한 사람, 돈을 벌기 위해 만드는 흥미위주의 상업주의 영화에 저항하면서, 영화도 학문도 절대 진리를 추구하는 과정이라고 본 사람, 끝까지 인간 구원의 문제 매달렸던 구도자" 러시아 영화 감독, 안드레이 타르코프스키.

나는 그의 영화 7편 중 몇 편 밖에 못 보았지만, 나는 그의 광팬이다. 내가 본 그의 영화는 철학적 에세이 같은 깊은 울림을 준다. "이반의 어린 시절", "거울", "향수", "희생" 등등. 특히 '사랑의 메시지'와 '삶의 기적'에 대해서 메시지를 던져주는 영화 '희생'은 인간의 구원 문제를 생각하게 해주는 감동적 명화다. '희생' 영화의 첫 장면은 이렇다.

전직 대학교수 겸 연극배우였던 주인공 알렉산드, 그가 그의 생일날 오후, 자신의 막내아들 고센과 함께 '죽은 묘목' 한 그루를 바닷가에 심는다. 그는 고센에게 먼 옛날 죽은 나무에 3년 동안 매일 매일 물을 길어다 주어, 마침내 어느 날 그 나무에서 꽃이 피어나더라는, 한 수도승과, 그의 제자의 일화를

들려준다. 즉 헌신적인 자기희생은 기적을 일으킬 수 있다는 얘기, 여기서의 '죽은 나무'는 '신이 사라진 현대의 물질문명'을 상징하고, 희망이 존재하지 않는 현실이지만, 진정으로 믿고 생활하면 언젠가는 기적이 일어 날 수 있다는 메시지를 준다.

영화(희생)의 줄거리를 살펴 본다.

알렉산드의 생일을 축하해주기 위해 그의 가족들과 이웃들이 모여 있을 때, 라디오에서 제3차 세계대전이 발발했으며강대국의 핵사용으로 모두가 멸망하고 말 것이라는 뉴스가 전해진다. 이제까지 신의 존재를 부정하고 믿지 않았던 '알렉산드'는 그의 인생에서 처음으로 신에게 간절한 기도를 올린다. 지구의 종말만 막아준다면 자신의 모든 것을 바치겠노라고… 이 때 알렉산드를 찾아 온 우체부 '오토'는 알렉산드에게 이 세계를 구할 수 있는 비법을 알려주고, 알렉산드는 '오토'의 말에 따라 비밀스러운 일을 감행한다. 다음날 아침, 깊은 잠에서 깨어난 알렉산드는 전날 밤에 있었던 일들이 실제로 일어났던 일들인지, 꿈속에서 겪은 일들인지 분간 하지 못하며, 혼란에 빠진다. 세상은 예전처럼 고요하기만 한데, 과연

35

그의 기도에 대한 신의 응답이 이루어진 걸까?

　　　　　　　　　　　　　　　　　　– 타르코프스키, 《봉인된 시간》에서

　인류 구원을 위한 자기희생 영화, 〈희생〉은 1932년에 태어나 1986년에 망명지 프랑스에서 타계한 타르코프스키의 마지막 작품이다. 그의 작품 대부분은 신과 인간의 문제를 다룬 심오함이 깃들어 있다(좀 난해한 면도 보이지만).
　영화 〈희생〉의 첫 장면은 퍽, 상징적이다.

*

　시인 '최하림'이나 러시아 영화감독 '안드레이 타르코프스키' 나, 내가 보기로는, 예술을 위해 생을 바친 치열한 영혼들이다. 그들이 존경스럽다. 내 영혼이 가난할 때, 그들의 저서나 영화를 다시 한 번 꺼내보고 싶다.

　집 여름 마당에, 파초가 푸른 물을 뚝뚝 떨어뜨리고 있다. 글을 쓰다 바라 본 마당에 여름 햇살이 투명하다. 흰 구름이 감긴 감나무 쪽 숲에서 새가 한 마리 찌릿, 찌리릿! 나를 보고 운다.

강
봉
덕

2012년 《동리목월》, 2013년 〈전북도민일보〉 신춘문예 등단.
kybh007@hanmail.net

고래의 일몰

난, 사라진 고래에 대해
장생포에서 생각하는데
지상의 모든 고래가
반짝 대답을 하네
아찔한 높이의 고래자리에서
먼저 신호를 보내면
그들은 이미 허공에서 출렁
창끝에 매달린 고래,
밧줄에 포박된 이름,
바위 속에 박제된 이빨
고래는 고래다워지려
점점 사라진다는데

바위에 숨어들었다가
몰려나와 청빛 소릴 지른다네
소리가 소리를 밀고나와
바다를 누비며
우우 하고 바람소리를 내는 일
투명한 허공의
흰 뼈는 지상의 길을 닮은 것
발끝엔 아픈 흔적이 묻어
그러니까 당신의 척추가 시려오는 날
살은 모두 흙으로 돌아가고
흰 뼈만 남겨두는
빈 여백에선
허공만 흔들리지
마침내 내 눈앞에서 바위로
스며드는 이름
암각화 귀퉁이엔
잠든 고래를 깨워 바다로 돌려보내는
여긴, 고래의 자궁일수도 있고
고래의 무덤일 수도 있는
이곳은 그들의 집

열두가지 모양을 만드는

당신의 내면은

시간의 마디마디 변하는 맛

고래는

잠시 고래였다가

다시 슬몃 고래가 되었다가

내가 고래가 되기도 하는,

수몰지구를 지나며

붉은 상처가 아물지 않은 땅의 문을 빈틈없이 꽉 막고 있는 마개는 잔잔하다 손잡이도 자물쇠도 없어 어느 누구도 열어보지 못한다 투명한 표면은 언제나 적막만 돌린다 들여다보는 얼굴만 되돌려 보내며 갇혀 있는 것들의 소리는 들리지 않는다

가뭄을 틈타 가끔 마개가 열리면 쩍쩍 갈라진 진실은 허물어져 흔적만 보인다 바닥까지 말라붙은 몸은 감춰야 빛나는 냄새를 햇볕에 말린다 갈라도 갈라도 갈라지지 않고 점점 단단해 진 마개는 무엇이든 감추는 힘이 있다 감추고 싶은 일을 수면 아래 묻고 오랫동안 갇히면 더 향기롭다고 입맛을 부추기는 사람들, 잔잔한 마개가 첨벙 소리를 지르는 동안 누군가

는 쏟을 수 없는 비린 내장을 손쉽게 포장하는 법을 익힌다

    수면 아래서 문을 여는 일은 허공의 고리를 찾는 일, 둥근 파장을 만드는 마개는 열리고 싶지만 비밀을 숨기려는 본능이 있다

문수구장 동문 4 너머

둥근 발을 가진 것은 움직이는 운명을 가졌다
잠시라도 멈추어진 것이라면 둥근 발이 아니다
당신이 움직이지 않는 것을 보았다면
그것은 내가 엘리베이터 문에 끼인 것처럼
우스꽝스런 포즈를 취했을 때이거나
어둡고 답답한 서랍에 갇혔을 때 일 것이다
그렇지 않고서야 저 움직이는 별들 중에
둥글지 않은 것이 있겠느냐
오래전 홈런 볼을 주워와 책상서랍에 두었다가
저 골목길에서 놓친 적이 있다
어찌 빠른 발을 지녔는지
지난여름 해수욕장 위를 떠다니는 것을 봤다

홈런왕 이름을 걸고 굴러다니고 있었으니
둥근 것이 잠시 멈추었다면
지상의 생살을 도려내고 수평을 맞춘
우리들의 어리석은 행동이지
굴러가는 것이 가장 자연스러운 것이니까 말이다
우리는 둥근 것들의 발목을 잡고 있다
글러브로 캐치를 하고
외야 뒤엔 어김없이 담장이 등장하는
굴러가는 것을 잡기위해 쳐놓은
함정이라든지 구덩이에 대해
못 본 척 두 눈을 감는 것은
어쩌면 둥근 우리들의 눈이 눈꺼풀에 갇혀
굴러가지 못하는 슬픔 때문일 것이다

새들의 정치학

까만 새가 하늘을 덮는다 꼬리에 꼬리를 물고 달려든다
맞바람 맞아도 흔들리지 않고 정확하게 앉을자릴 찾는다
눈치 보지 않고 아무 곳이나 배설하는 몰염치에 욕을 해도
하늘을 까맣게 수놓는다 참으로 뻔뻔한 놈이다
천적을 피하려 무리지어 다닌다 잠들기 전까지
날개를 움직인다 숨거나 이탈하면 표적이 된다
둥지를 만들지 않는다 앉는 곳이 집이 되는 철새
평생 둥지 틀 곳을 찾아 떠돌아다니기만 했을 철새
날개가 꺾어지는 줄도 모르고 허공을 날아다닌다
힘센 철새들에게 밀려 무리를 버리고 홀로 날아다닐,
계절의 변화에 민감하다 철지난 계절처럼 잊혀진다
무리를 떠난 새가 새로운 무리를 찾아가는 비행

고난하고 비겁하고 비굴하거나 용맹하지 않고
힘없는 새는 살아남기 위해 철새가 되기도한다
세상이 어두워져 거대한 어둠이 몰려들면
까만 새들이 단단한 날개를 접고 대숲으로 숨는다

구룡포에서 2

태평양에 물고기를 방목하는 횟집이 있다
손님이 오면 빵모자 눌러 쓴 주인아저씨가
뜰채를 바다에 넣고 물고기를 기다린다
풍랑을 만난 듯 바다가 한번 요동을 치면
싱싱한 태평양이 팔딱거리며 올라온다
저 넓은 방목장에서 어떻게 키울 수 있을까
늘 궁금한 나는 바다 귀퉁이에 쪼그려 앉아
발바닥으로 쿵쿵 바다를 놀라게한다
태평양이 출렁거릴지
깜짝 놀란 물고기가 튀어 오를지
몇 일째 수염을 깎지 않은 주인이 입술을 오므리며
쉿, 물고기가 다 알아

천천히 바다가 되어 바다를 걸어 올린다
빈 뜰채만 들어 올린다
태평양 귀퉁이 구룡포 바닷가에 가면
물고기를 바다에 방목하는 횟집이 있다
파도는 늘 마당 지나 뒷문을 두드리고
밤마다 물고기와 연애를 한다는 주인은
주문이 밀려있어도 빈 뜰채만 들어올린다

그 섬에 가고 싶다

섬에는 소리가 숨어 산다.

섬의 붉은 속살 안에서, 파도의 푸르고 흰 뼈 속에서, 섬의 정수리를 타고 내리는 물줄기에서, 골목길에 쌓여진 돌담에서, 마을을 감싸는 안개속에서, 발갛게 익어가는 마가목 열매의 빛에서, 바다를 막 건너온 바람에서, 겨울철 섬의 길을 삼켜버린 함박눈에서 섬은 소리를 만들고 싶었던 것이다.

소리는 섬을 키운다. 그 힘으로 섬마을이 버티고 있다. 섬의 마을은 한 채 한 채 소리로 지어져 있다. 파도소리 바람소리가 쌓여 마을을 이룬다.

섬에 사는 사람도 소리다. 사람도 섬의 일부가 되고 소리의
한 부분이다. 언어도 문자도 바다를 향해 있었던 것.

섬을 떠난 뒤 오랫동안 소리를 듣지 못했다. 내가 섬의 일부
였다는 걸 잊었다.
그러다가 섬의 소리가 외로움 이란 걸 깨달았다. 어른이 되
어서야 섬의 소리를 듣고 싶어 밤마다 바닷가로 나가지만 들리
지 않는다 섬의 소리를 다시 듣고싶다. 난 섬이 내게 불러주는
소리를 받아쓰고 싶다. 자음과 모음이 아닌 소리문자를 배우고
싶다.
난, 섬의 소리를 듣고 살아온 날이 그립다. 그럴 때마다 정현
종 시인의 "섬"이 들려온다.

사람들 사이에 섬이 있다
그 섬에 가고 싶다

— 정현종, 〈섬〉 전문

권
기
만

2012년 《시산맥》으로 등단. 시집으로 《발 달린 별》이 있음. 제7회 최치원문학상
수상. poksel@hanmail.net

과식

봄을 지나쳐 천 개의 여름을 지나쳐
그녀에게 갔다 천 개의 구름공장을 지나쳐
공중도시로 차린 그녀의 식탁에 갔다
몇 번 달구어지다가 뒤집어지다가
허리로 둘둘 말리다가
모하비사막에서 카리브 해를 지나쳐
알티플라노 고원에서 나즈카를 지나쳐

먹어도 먹어도 배가 고픈 몽상공장을 지나쳐
안데스 산맥을 지나쳐 쿠스코를 지나쳐
우유니 사막을 지나쳐 아타카마 사막으로
꽃잎의 눈을 그린 그녀의 저녁에 갔다

아콩카과 산을 지나쳐 지나칠 수 없는
티티카카 호를 지나쳐 퓨마의 바위를 지나쳐
마모레 강에 새겨진 언어의 발자국을 지나쳐

연어가 돌아왔다

강과 하구를 만들며 연어가 돌아왔다

거슬러 정점에 알무더기를 토했다고
나를 설득하는 사이
연어가 돌아갔고 강가에서 한나절을 보냈다

나를 지나서 청춘이
펄떡펄떡 속도를 내곤 했다
수염을 밀면 파도의 시퍼런 등살이 드러났다

치고 올라오는 소리에 치인 것도
부뚜막 같은 둔덕에서였다

거슬러 오른다는 것이 순리가 되면
어디서나 수만 마리 물빛이 튀었다

펄떡거리는 살점을 뿌리며
내 턱을 치고 자리 잡은 북태평양

진해 군항제가 열리는 날
붉은 비늘이 종일 눈처럼 내렸다

과일상자공원

공원이 과일이 되는 계절이 오면
비둘기 곱하기 산수유 곱하기 이팝하다보면
나도 공원이 된다
구름 곱하기 구름하면 벤치가 젖는다
그늘과 새똥을 층층나무 아래 앉혀놓고
꽝꽝나무 주머니에서 벌새를 꺼내 돌아서면
하늘나리와 쥐똥나무가 사랑에 빠져 있다
보지 않으면서 볼 수 있게
고갤 반쯤 돌리고 있다
이파리 사이로 눈망울 내민 과일이
내게 먼 안부를 건넨다
겁 없이 몇 마디 따서 돌아서면

청포도 대문이 열린다
주인 없는 벤치에서
층층 곱하기 꽝꽝하다
한 채 공원이 되어도 좋은 계절이 오면
하늘 곱하기 하늘하다 잠든
내 손이 파랗다

꿈 파는 가게

엔트리아고는 꿈을 팔고 사는 장사치
  그가 수집한 꿈은 갓 태어난 희망에서 오래된 몽정까지 없
는 게 없다

  꿈을 키우는데 필요하다고 생각되지 않으면 팔지 않는다
  광자파 에너지가 발현할 흔적만 보이면 그게 얼마든 사고
보는 습벽
  그렇게 모은 걸 거금에 파는 게 그의 주특기

  쇼펜하우어에게 산 얼음궁전첫날밤
  니체에게 산 초인아라리
  금성에게 찬사를 바치고 얻은 빛만찬응집접시

유니콘의 무지갯빛뿔과 바꾼 구름요정의 날개
아침 콧노래 모아 담근 38년산 귀신고래의 영혼

원시부족의 사라진 주술을 불러
디에고 항성계에 속한 다이아몬드에 대해 말해줄 때
보석마다 하나의 항성계가 있다는 걸 알았다

고양이 발톱에 숨어 서식하는 고요의 눈에 비친
기상천외란 그저 소박한 팔만사천가지 흥분

가슴을 직접 발사하는 눈빛에 광자파가 산다
내 눈빛 속 꿈을 몇 개 수집하고 미래환상 전용 통신광파를
준다
미래의 애인에게 사랑한다고
더 미래의 애인에게 진심으로 사랑했다고 광파를 보내본다

더 멀리 가볼 수 있을 거라는 그의 말을 들었는지
나무에 서식하던 푸른 광어들이 저녁의 바다로 온몸을 던
진다

물질전이계수

감정을 반영하는 옷을 입고 거리로 나섰다

여자와 아이가 삼삼오오 걸어간다 수축성 옷의 장점은 세포의 키를 조절한다는 것, 나는 청년으로 팽창해서 걸어간다

먼 할아버지부터 은밀하게 진행된 연구로 완성한 신축성 감정옷, 감도를 완벽하게 제어하게 되어 세상으로 나온 후 우리를 알아보는 종족은 아직 없다

주변 상황에 신속하게 반응하는 태연함에 올라타면 목적지까지 데려다준다 자동차 비행기 사고에서 유일한 생존자는 우리종족, 회귀불가 상황일 경우 실종으로 자리를 옮긴다

사람으로 본적을 옮기는 오랜 도하를 통해 얻게 된 평범

최고급 감정옷을 입고도 그걸 모르는, 저 귀한 옷 한 벌, 저 옷 한 벌 얻기 위해 천 년을 노력한 뒤에야 인간이 된 나

여우족 남자

시와 극빈

　시인은 시를 못 쓰면 극빈이고 시를 쓰면 부자다. 시를 천직으로 삼은 자는 극빈을 벗어날 길이 없다. 일 년 중 한 열흘 배부르고 나머지 350여일은 배가 홀쭉한 비루먹은 강아지꼴로 사는 게 시인의 초상이다. 그런 모양새를 좋아해야 좋은 시를 쓴다. 할 것 다하고 놀 것 다 놀면 필경 좋은 시가 생산되지 않는다. 시의 기름진 밭은 극빈이기 때문이다. 오늘 시를 쓴 시인은 왕후장상이 부럽지 않다. 하루 천하로 끝날지언정 그는 극빈 상태만이 알아보는 꽁보리밥의 참맛으로 배가 부르다. 고기와 쌀밥으로 배가 부른 게 아니라 푸성귀와 궁합을 이룬 생된장의 그 깊은 발효의 솔직함에 배가 부르다. 배가 부르지만 몸이 불편하지 않은 배부름이다. 몸이 무겁지 않은 배부름이다. 생통했기 때문이다. 소화불량이 아니라 사소한

곁가지의 맛까지도 따뜻한 살로 환생하는 배부름이다.

　오늘 시를 쓴 시인의 술을 얻어먹는 것이 극빈을 견디는데 도움이 된다. 오늘 시를 쓴 시인은 지금 세상에서 가장 큰 부자이기 때문이다. 그렇게 큰 부자의 술을 얻어먹지 못하면 극빈은 억울한 누명처럼 멍울이 된다. 그러나 한 달 넘어 시 한 줄 못 쓴 시인에게는 숭늉도 얻어먹어서는 안 된다. 언어에서 아무런 취기도 느낄 수 없으니 말이다. 오늘 시를 쓴 시인의 입에서는 쉴 새 없이 몇 말의 술이 나오지만 한 달 넘어 시를 못 쓴 시인의 표정에서는 쥐어짜도 한 종지의 술도 나오지 않기 때문이다.

　시 한 줄 얻으려고 동냥그릇 들고 발품 파는 것이 각설이와 다를 바 없는 게 시인의 풍상이다. 걸쭉한 놀이판을 벌려놔도 아이들이나 기웃거리고 시답잖으면 돌팔매를 던지는 꼴을 당하는 게 시인의 궁상이다. 시인 있는데 가서는 교수 노릇하고, 교수 있는데 가서는 시인 노릇하는 것은 정도가 아니다. 학벌도 아무런 효험이 없고 이름 짱짱한 등단지의 권위도 소용없다. 좋은 시를 못 쓰면 그걸로 궁핍이다. 각별한 극빈이 특별한 것이 시가 지켜야할 품위다. 그걸로 으스대고 어깨에 힘주는 시인은 방귀뀌고 성내는 것처럼 꼴불견이다.

　시를 쓰면 극빈이고 시를 쓰지 못하면 궁핍이다. 무목적성
의 목적성은 극빈이고 층위에 몸을 맡기면 궁핍이다. 참시인은
극빈이고 교수는 궁핍이다. 한 편의 시는 극빈이고 한 편의 평
론은 궁핍이다. 참으로 아이러니가 아닐 수 없다. 극빈은 계급
이 없다. 모두가 같은 존재의 체온을 가진다. 순간에 상통하고
영원으로 몸을 바꾼다. 그러나 목적이 있는 소통은 빈한하다.
강제로 소통을 꿈꾸는 일은 언제나 기형의 소통을 낳는다. 격
을 따져서 나눈 소통에 무슨 교감이 있을 것인가. 있더라도 궁
핍을 모면할 겨를이 없다. 격을 따지면 언어는 존재로 살지 못
하고 도구로 전락하고 만다. 좋은 시는 극빈을 그 몸으로 하고
있다. 최소한 내게는 그렇게 보인다.

· 권
  영
  해 ·

1997년 《현대시문학》(김춘수 시인 추천)으로 등단. 시집 《유월에 대파꽃을 따다》, 《봄은 경력사원》이 있음. albatrossun@hanmail.net

주전자 보살 입적기 入寂記

우스꽝스러운 것이
성스러워 보일 때가 있다

사월 초파일
불국사 무설전無說殿 한 귀퉁이에
팔자 좋게 나뒹굴고 있는,
허심탄회한 몰골의
보살님을 친견했다

방짜처럼 두들겨 맞으며
울화도, 수모도
뚜껑 열릴 일도

꾹꾹 누르며 버텨온 만신창이 삶이
우글쭈글 단련한 공덕으로
마음 펴질 날 기다리며
와불臥佛 되어 누워 있었다

둥글넓적 거룩한 몸통에
단출한 목구멍 하나로
세상사 여과 없이 죄다 받아들인
맷집 좋은 보살님
간신히 땅바닥에 육신을 부벼대며
파란만장한 생을 정리하듯
마지막 법어 한 자락
'덜그럭덜그럭'
설하고 있었는데

열반 직전까지
매몰찬 발길질에도 아랑곳 않는
양은 보살님,
중생 구제할 천수천안千手千眼은 없어도
아수라장 같은 이승에서

부질없는 쑥덕공론도

왈가왈부도, 시시비비도

몽땅 한데 넣고

펄펄 끓여냈으니

적멸후생에는

상하도, 귀천도, 안팎도 없는

원융圓融의 한세상 누릴 수 있겠다

읍천항邑川港에서

풍화,
그것이 성장통이라면 너무도 근사하다

숙련된 파도의 절규와
무심한 세월의 발길을 견뎌낸
읍천揖天의 자태,
태풍전야의 고요처럼
계측할 수 없는 그리움이
내부로부터 소용돌이치며 뛰쳐나와
스스로 부채를 만들고
지고지순의 결속력으로
하늘 우러른 흔적이 역력하다

쌓인다고 하여 다 업적은 아니지만
겨를을 비집고 나온
숭숭한 골다공의 마음들이
시시각각 골밀도를 다지며
바람 무늬로 피어난 주상절리,
그 존엄한 암릉巖陵의 이력에는
아직 태어나지 않은 기다림이
사무치게 각인되어
묵언의 나이테를 돌리며
한 시대를 풍미했다

그러고도 세월은
더디더디 자라나는
무딘 성장판을 단련하듯
견딤의 연륜을 축적할 터이니
바람은 여전히 갈망인 채
펄떡이는 제 심장을 꺼내어
절차탁마하고 있다

꽃무릇

새끼발가락 끝이
따갑고 가려워서
무심결에
새벽잠을 깼다

굳은살 박인 발가락이
생니를 뺀 듯이
이리도 고통스러울 줄이야
아픈 곳은 점점 부위가 넓어져
발바닥 전체에 사무쳐 왔다

밤잠 잃은 모기가

날 콕콕 건드렸나 보다

언젠가
서늘한 아침이 오면
불갑산 불갑사 경내 · 외가
불현 듯
아리고 아린 그리움으로
물들어 가리라

마니차*摩尼車를 돌리며

바닥부터
바닥끝까지 기어 본 날이 있다
끈질긴 오천 리 길
번식철 뿔쇠똥구리처럼
밑바닥부터 발품을 팔며
샅샅이 세상 경전을 훑어 내리니
먹고사는 일보다
고행의 길 내는 일이 더 즐겁구나

---

* 마니차 : 주로 티베트 불교에서 사용되는 불교 도구로 원통형으로 되어 있으며,
측면에는 만트라(眞言)가, 내부에는 경문이 새겨져 있음.

알뜰히 깨닫거늘
라싸로 가는 길은
마음으로 드나드는 문,
오늘
자벌레처럼
곧이곧대로 번뇌를 꺾어
뜨거운 얼음 바닥 위에
구긴 육신을 던지니
발바닥으로 핥는
세상의 맛이 달고
알을 짊어진 물자라보다
고행의 등짐 맨 시절이 더 행복하다

티베트 높을수록
설렘 먼저 가 닿아
묵언하심默言下心으로 몸을 낮추며
입 닫고 헤매는 마음 가라앉히니
너덜너덜
가죽 누더기 꿰맨 땀땀마다
터벅터벅

활불活佛의 발자국 소리 보인다

목련, 지다

넉살좋은 아가씨
파안대소 하다가
거두절미하며
뚜욱, …!
폭탄선언

얼마나 가차 없었나
얼마나
짜릿하였나

선언이 난무하는 세상
그냥, 툭던지고

던지고
꿀꺽 삼키고
가슴
철렁, 하다

찰나마다 낙하사유하니
행간의 의미
더 가벼워지다

눈뜨다, 눈감다

"이제 곧 성에 '눈뜨시게' 될 겁니다."

연전年前에 성곽을 연구하는 단체를 따라 처음으로 구룡포 장기읍성, 경주 명활산성을 답사할 기회가 있었을 때, 인솔하는 지도교수가 휴식시간에 농弄 삼아 한 말이다. 그때 잠시 놀란 기억이 있는데 사실 그 성은 바로 '성城'을 의미하는 것이었다.

'눈을 뜬다'는 것은 무엇인가? 그야말로 '① 감았던 눈을 열거나, ② 사물의 이치나 사실에 대하여 깨달아 알게 되는 것'이라 할 것이니 여기서는 후자가 더 적절한 의미라 하겠다.

누구든 눈을 뜨기 위해서는 먼저 눈을 가져야 한다. 눈을 갖는다는 것은 그러한 안목眼目과 식견을 구비한다는 뜻이리라.

마르셀 프루스트 Marcel Proust(1871-1922)는 '진정한 발견의

여행은 새로운 땅을 찾는 것이 아니라 새로운 눈을 갖는 일이다The real voyage of discovery consists not in seeking new landscapes but in having new eyes' 라고 말했다.

글을 쓰는 데 있어 글을 제작하는 기술만 있어서는 안 된다. 먼저 세상을 면밀하게 관찰하는 눈을 가져야 한다. 이때의 눈은 물론 새로움을 발견해 내는 창의적이고 독창적인 심안心眼을 의미한다.

어떤 시인은 시를 두고 '취향의 문제' 라고 하였다. 시의 기교는 극히 형식적인 것이며 개인의 취향에 따라 호불호가 있으나, 시작詩作에 있어 중요한 것은 세상을 바라보는 심미안審美眼이나 혜안이 있어야 한다는 말로 들린다. 표현 기교를 강조한 나머지 의도하려는 내용이 억울하게 압도당해서는 안 된다는 것이다.

글을 생산하는 것은 손끝의 힘으로 가능하지만 여운은 오래가지 못 한다. 그것은 기능만 있을 뿐 가슴이 없는 글이므로 깊은 곳을 울리지 못 한다. 시를 만드는 기술은 모자라도 세상을 보는 눈은 떠 있어야 한다.

불상을 조성할 때 가장 마지막에 점안식點眼式을 함으로써 비로소 생명을 살아나게 하는 것이나 용을 다 그린 다음 눈동자를 찍어넣는 화룡점정畵龍點睛 의식은 '눈을 뜨는 것開眼'

이 인간사에서 매우 중요함을 의미하는 것이다.

　황동규 시인은 근자의 한 인터뷰에서 '시나 소설은 송곳과 같다. 인생을 깊게 보려면 뚫고 봐야 하기 때문이다'라고 피력한 바 있다. 이는 예리한 관찰력으로 사물을 훤히 꿰뚫어보는 눈의 역할, 즉 '통찰'의 중요성을 말하고 있는 것이다.

　이렇게 시야를 확장하고 시각과 시선을 잘 조준하여 안계眼界를 넓히다 보면 진정으로 시에 눈뜨게 될까? '눈뜨기'를 언급하다 보니 얼핏 시 속에 드러난 '눈감기'에 생각이 미치게 된다. 겉으로 보기에는 서로 반대편에 있는 듯하나 사실 이 둘 사이에는 공히 삶에 대한 통찰이 도사리고 있는 것 같다. '눈감다'는 일차적으로 '보고도 못 본 척하는 것'이지만 어떤 시인들은 좀 더 고차원적인 '눈감기' 행위를 통해 자신의 시적 지평을 다스려 나간 흔적이 있다.

　꽃이 피네, 한 잎 한 잎
　한 하늘이 열리고 있네

　마침내 남은 한 잎이
　마지막 떨고 있는 고비

바람도 햇볕도 숨을 죽이네
나도 가만 '눈을 감네'

— 이호우, 〈개화〉

　시인의 섬세한 눈은 한 송이 피는 꽃에서도 마치 하나의 새로운 우주가 열리는 개벽의 전율을 느낀 듯하다. 세상의 열림을 마지막 꽃잎이 떨고 있는 극도의 긴장감으로 압축하고, 이 신비로운 탄생의 순간에 바람도 햇볕도 숨을 죽이는 압도적 장면에서 눈을 감아버린 것이다. 그 엄청난 경이감을 눈을 감는 행위를 통해 극적으로 마무리함으로써 마음의 문이 열려 결국 모든 것을 보게 된다는 절묘한 심리를 표현하고 있다.

얼굴 하나야
손바닥 둘로
폭 가리지만

보고 싶은 마음
호수만 하니
'눈 감을' 밖에

— 정지용, 〈호수〉

여기서 눈을 감는 것은 겉으로 보기에는 애써 외면하고 회
피하려는 행위 같지만, 실은 그리운 사람에 대한 절실함을 확
장하는 행위라고 할 수 있다. 임을 보고 싶은 마음은 너무 큰데
육안으로는 다 볼 수 없으니 차라리 눈을 감으면 마음속에 임
의 모습이 온전히 나타나리라는 시적화자의 간절함을 드러내
고 있는 것이다.

　　매운 계절의 채찍에 갈겨

　　마침내 북방으로 휩쓸려 오다

　　하늘도 그만 지쳐 끝난 고원

　　서릿발 칼날진 그 우에 서다

　　어데다 무릎을 꿇어야 하나

　　한발 재겨 디딜 곳조차 없다

이러매 '눈 감아' 생각해 볼밖에

겨울은 강철로 된 무지갠가 보다

                                    – 이육사, 〈절정〉

　육사는 일제 강점기, 더 이상 물러날 곳 없는 절정의 극한상
황에서 차라리 눈을 감음으로써 겨울에 강철로 된 무지개를 피
워내는 역설을 완성시켰다. 여기서 '눈뜨기' 보다 더 의미심
장한 '눈감기' 의 기법이 탄생한 것이다.
　이처럼 눈을 뜸으로써 새로운 세계를 발견하고, 눈을 감음
으로써 시적 스펙트럼을 넓힐 수 있다고 할진대, 나는 지금 어
떤 상태인가. 앞으로 늘 좋은 시적 꺼리詩材에 눈독을 들이고,
사소한 것에까지 눈길도 주고, 눈여겨보고, 시에 눈이 뒤집힐
정도로 정진해야 할 것 같다.
　이것이 서거정의 동인시화東人詩話에서 '시는 마땅히 기절
氣絶(정신)을 앞세우고 문조文藻(기교)를 뒤로 해야 한다' 는 언
급이나, 랭보가 《견자見者의 시학》에서 말한 바 '시인은 무
한한 시간과 공간을 꿰뚫어볼 수 새로운 눈詩眼을 떠야 한
다' 는 일갈에 다가서는 아주 조그마한 첫걸음이 아닐까 한다.

権주열

2004년 《정신과 표현》으로 등단. 시집 《바다를 팝니다》, 《바다를 잠그다》가 있음. agdo32@hanmail.net

파리하지 않고 커피

마시던 커피 잔에 파리가 앉는다
더럽게 와 앞발을 싹싹 빈다

장사도 안 되는데 프랑스다

파리에 간다 파리채를 사러

파리에 앉은 파리지앵

파리와 사진이 잘 어울려
사진에 파리가 붙어 있다

파리를 향해 탁 치니
윽 하고 에펠탑이 넘어진다

파리가 없으면 붙을 데도 없어
걷고 또 걷고 가볍게
파리와 목숨이다

코발트 빛 탁자 위로
파리 넘치는 커피

파리채를 들 때마다 파리는 없다
천장이 순식간에 달라붙는

천국 같은 천장 아무도

모르게 파리의 감정이다

목매단 기호의 숲

　남편이 시체에게 나무에게 긴 밧줄에게 선생이라고 말하자
시체는 곧 손이 하나 툭 부러지며 안녕, 눈알 하나 툭 떨어뜨리
며 안녕, 안녕 그래 모든 사건은 안녕, 구름과 남편이 나란히 누
우면 숲 속이 훤히 보이고 헐레벌떡 달려오는 형사의 머리꼭지
도 잘 보이고 바싹 마른 밧줄이 증거처럼 남아 선생은 여전히
인사를 건네고 남편은 반갑게 목례를 하지 누가 남편이냐 형사
가 물었을 때 난 아직 남편이 아니라 했고 남편이 아님을 증명
하기 위해 선생은 자신의 부고장을 꼭 쥔 채 놓지 않고 형사는
마치 제 일처럼 제가 목매단 것처럼 모인 사람들 앞에서 남편
을 설명하지만 설명할수록 형사만 남아 누가 누군지 점점 구별
하기 힘들어 체중을 줄이자 나무들이 고사되고 있어 미결만 수
북한 남편 무수히 쏟아지는 비에 사건이 지워질까 안녕, 안녕

목을 축 늘어뜨린 인사는 여전히 내 귓속에 주름져 굴러가던
열매들이 빗소리에 맞춰 걸어 남편은 개별적 탈출이야 증거는
발명돼 어제 죽은 빗물이 오늘의 나뭇가지를 적시고 있어

구름의 옛날 방식

언어에 물기가 번질 때가 있다
슬몃
언어의 행간에 우산을 받쳐 놓는다
도착 지점이 익숙하지 못한 비는

길이가 달라 방향이 틀려 누가 누군지 의문으로 가득하고,
웅덩이나 축축한 빈터에 미결로 남아 아직도 의아하고 무언가
잠시 망설여야 될 것 같아 우산으로 가리면,
　우산은 자신의 치수에 맞는 하늘을 만들어 준다*

---

* 로제 폴 드루아.

산에 들에 비를 캐러 다녔네 넘어지는 비 절룩이는 비, 비의
뿌리는 투명하고 빗줄기는 가늘다 비는 가끔 있고 비는 넘쳤고
비가 오지 않는 체육 시간, 모두 빠져나간 교실에 우두커니 남
은 아이, 교실은 가끔씩 도난 사고가 접수되고 어리둥절 교무
실 앞 복도에 오래 두 팔을 쳐들고 서 있던 아이, 너무 많은 비,
우산이 없었네

　머리 위로 발설하지 않는 비
　늘어뜨리지 않고 긴
　구름의 옛날 방식, 비는
　외롭고 결혼 같고 구운 구름 냄새가 나

　병원에 누워 링거를 맞는다 유리관에 방울방울 떨어지는
빗방울들 온몸이 열대지방을 지난다 병실 유리창에 구름이
비친다
　하나둘씩 사람들이 허공에 내리고 있다

이명耳鳴

어느 쪽 골목인가. 날마다 희미하게 들려오는 앰뷸런스 소리.

처음에는 말의 일부가 누설되고 있나 싶어 배관공을 불렀다. 긴 장화가 달린 작업복을 걸친 배관공은 도면을 환히 꿰뚫듯 커튼처럼 가려진 고막을 슬쩍 밀고 비좁은 내부로 고개를 집어넣었다. 작은 손전등을 비추자 어두컴컴한 청소골聽小骨의 부속품 몇 개가 뽀얗게 먼지를 뒤집어쓰고 있다. 가까스로 한 발 더 안쪽으로 옮겨 엑셀 수도 파이프같이 매설된 달팽이관의 이음새를 조심스레 조였다 풀기를 반복했다. 모두 허사였다.

그가 안전모를 벗어던지자

다시
덩그러니 골목 같은 귀
귀는 말 이전의 사건이다.

누가 담장에 귀를 댄다.

포락선

(a)

화가 난 군중이 건너편 차를 향해 계란을 던졌다 병아리를
던지는 사람은 여태껏 본 적이 없다 적어도 날개 없는 것을 던
지려 했다 혼자 날기에 불가능한 것을 던지려 했다 그래도 최
소 단위의 닭을 던진다 닭이 순전히 손목의 힘으로 날아오른다
휘어지는 직구다

이런 속도는 처음이다
발이 보이지 않는다, 발이 제로다
발을 삶는다
계란 던진 사람 중에 삼계탕 먹고 온 사람 손드세요
프라이드치킨도 손드세요

던지는 순간 폭파되지 않고 시는 퍼석 깨지고 만다 도시 하나쯤 완전히 날려 버릴 기세로 밤새 던졌지만 파지만 수북하다 늘 그렇듯 유리창 밖으로 밤은 유유히 떠나 버렸다 화가 난 건 군중이 아니다 계란이다 아직도 알을 낳는다고 믿기 때문이다 순진한 것은 늘 노랗다 햇병아리다 또 피막 속이다

(b)
안에서 문을 걸어 잠그고 욕조에 부드럽게 누워 있는 생生은 노골적이다
날개를 달고도 여전히 뒤뚱대는 골 빈 生들
알은 바깥을 포함해서 알이다
닭발까지 포함해서 알이다

먼저 나온 발들이 어디를 돌아 지금 이곳에 합류했는지 포장마차에 닭발과 삶은 계란이 나란히 놓여 있다 어떤 발은 여전히 알을 향해 달려가고 어떤 발은 지금도 알을 피해 달아나고 있다

병아리가 자라면 알이 된다는 생각은 계란을 던지고 난 후의 생각이 아니라 생각을 던지고 난 후의 생각이다

디기탈리스

경주 가는 길에 L허브 농원이 있다. 널찍한 정원에 수많은 꽃들이 잘 가꾸어져 있다. 한가로운 날 가끔 그곳에 간다. 디기탈리스가 있다. 정원 한쪽에 디기탈리스가 탐스럽게 피어있다. 팻말을 보지 않았으면 그냥 예쁜 고깔모자를 덮어쓴 금강초롱인줄 알고 스치는 사람들도 꽤 있을 것이다. 사실 친구 테오에게 두 번 째 편지를 받기 전 까지는 약학을 전공했지만 디기탈리스에 대해 까마득하게 잊고 지냈다

그림 판매업자인 테오는 형 빈센트(빈센트 반 고흐)의 그림속에 과잉을 넘어 현기증이 날 정도로 노란 색채를 많이 쓰고 있는 것에 대한 의문을 품기 시작했다. 그것이 형의 유화가 단 한 점도 팔리지 않은 이유 중에 하나 일 것이라는 생각에 조바심

까지 났다. 형이 귀를 자르고 생 레미에 위치한 생폴 드 모솔 정신병원에 입원했을 때 형의 측두엽 간질과 조울증에 대한 진단을 받았다. 그 때 형의 담당 의사인 펠릭스 레에게 질병과 색채와의 관계를 물었지만 어떤 연관 관계도 없다는 대답을 했다. 하지만 의문은 갈수록 더했다. 결국 형이 입에 달고 살다시피 하는 압생트 술과 노란 색채의 관련성에 대한 질문이 나에게 보낸 첫 번 째 편지였다.

압생트는 불어 'Absithe' 의 어휘가 붙은 술이다. 알코올 도수가 45~74° 에 이르는 증류주 또는 희석주로 색상은 밝은 연초록, 때로는 무색을 띄고 있다. 프랑스의 부슈뒤론 주에 출장 갔을 때 친구 테오와 아를의 한 골목 카페에서 압생트를 진탕 마신 기억이 난다. 술을 잘 못 마시는 테오는 술잔 속에 각설탕을 한 개 빠뜨려 놓고 그 위에 압생트 술을 한 두 방울씩 떨어뜨려 입맛을 다시듯 먹고 있는 동안 나는 소주잔을 들 듯 빠르게 잔을 비웠다. 뜨거운 알콜이 식도를 타고 뜨끔 뜨끔 내려가던 기억이 아직도 생생하다.

압생트는 쓴쑥 Artemisia absinthium이 주원료인데, 유럽이 원산지인 이 쑥은 국내에서 흔히 보는 참쑥과 물쑥보다 매우 쓰다. 투존 Thujone이라는 성분이 들어 있어 장기간 복용했을 때 뇌세포와 간세포에 독성을 나타내고 장관 내에서 세로토닌 수용체인 5-HT3길항제로 작용하여 진토작용이 있다. 또한 고함량에서는 경련과 함께 사망에 이르지만 이것과 황시증과는 관계없다. 하지만 쓴쑥에는 투존 뿐 아니라 한동안 구충제로 쓰이기도 했던 산토닌 성분도 미량 들어 있는데 이 성분의 중독으로 어지러움 증과 더불어 황시증이 가능하다는 답변을 보낸 적이 있다. 그 편지를 받고 테오는 궁금증에 대한 답도 얻었지만 형의 작품에 노란색을 좀 걷어낸다면 분명히 그림의 판로가 개척될 것이라는 새로운 기대감으로 들떠 있었다. 물론 이 이야기는 나에게 보낸 다음 편지에 적혀 있었다. 테오는 곧장 형을 설득하기 위해 아를의 포럼 광장에 있는 밤의 카페 테라스를 찾았다. 이곳은 형의 단골 카페다.

  카페 테라스가 보이고 카페 실내로 들어가는 가운데 문에 빈센트(빈센트 반 고흐)의 동생 테오가 오른 쪽으로 등을 돌린 채 우두커니 서 있다. 테라스의 테이블에는 초저녁부터 자리를 반쯤 채운 사람들로 웅성거리고 몇몇은 그쪽으로 향해 오고 있다. 빈센트는 동생 테오가 가까이 있는 것을 전혀 눈치채지 못한 듯 오른 쪽 맨 구석 테이블에 모자를 쓴 채 앉아 누군가에게 언성을 높인 채 열심히 떠들고 있지만 횡설수설에 가깝다.

Le Cafe dela Nuit, 캔버스에 유화, 70×89㎝, 1888

종일 빈속에 병나발을 불던 압생트 술병은 테이블 아래로 굴러 떨어졌는지 보이지 않는다. 밤 카페 테라스 위로 커다란 가스 등이 연노랑 불을 밝히고 있고 그 위로 휴지뭉치 같은 희고 푸르스름한 별들이 중력을 잃고 헐겁게 떠다닌다.

테오가 형을 어떻게 설득했는지는 모른다. 하여간 테오가 나에게 쓴 편지 속에는 형이 얼마간 술을 끊으면서 서너 점의 그림을 더 그렸다는데 여전히 노란색의 과잉이라 실망이 크다는 말과, 노랑과 압생트 술과 연관 관계가 없는 게 아닐까하는 의심마저 든다고 했다. 형 빈센트가 자신의 처지를 "언젠가 내 그림이 팔릴 날이 오리라는 건 확신하지만, 그때까지는 너에게 기대서 아무런 수입도 없이 돈을 쓰기만 하겠지. 가끔씩 그런 생각을 하면 우울해진다." 라고 테오에게 쓴 편지의 일부도 함께 적혀 있다. 어찌됐던 테오는 당장 물감 하나 마련할 돈 없는 불쌍한 형의 그림들을 좀 팔아야만 했다

테오는 최근 형의 아틀리에서 낯선 노신사의 초상화가 그려져 있는 것을 유심히 보았다.

형의 말로는 이 그림이 닥터 가이세 박사인데 형과 친한사이라고 했다. 그림 속의 그는 금발의 모발에 흰색의 헌팅캡을 쓰고 파란 연미색 옷을 입고 있다. 의자에 앉아 오른 쪽 팔로 턱을 괸 채 왼 손을 붉은 탁자위에 올려놓고 있다. 그런데 그 탁

Le Docteur Paul Gachet, 캔버스에 유화, 68×57㎝, 1890

자위에 이름을 알 수 없는 보라색 꽃 한 송이가 올려 져있다. 나중에야 테오는 그것이 디기탈리스 꽃이라는 것을 알았다. 닥터 가이세의 권유로 형 빈센트는 이 꽃의 추출물을 조울증과 간질 치료 목적으로 복용중이라고 했다. 나에게 온 테오의 두 번째 편지는 그 꽃에 대한 물음이다.

디기탈리스 Digitalis purpurea는 현삼과의 2년생 또는 여러해 살이 풀이다. 유럽이나 중앙아시아 북아프리카 등이 원산지이다. 높이는 1미터 정도 자라며 전체에 짧은 털을 가지는 특징이 있다. 작고 앙증맞은 꽃 모양새가 여러 종들이 조랑조랑 매달려 바람에 부딪치면 금방 방울소리라도 낼 듯한 표정이다. 학명은 디기탈리스 라나타 Digitalis lanata로 디기톡신 digitoxin과 디곡신 digoxin이 주성분인데 이 배당체들은 심장의 근육에 있는 칼슘 펌프 활성에 영향을 주어 심근 수축력을 증가시키고 심박수를 감소시켜 부정맥의 생성을 억제하는 등 강심제로 쓰인다. 하지만 부작용도 만만치 않다. 디곡신 성분을 처방받아 복용한 주위 사람들 중에 영판 눈에 색 안경을 낀 것 같이 노르스름하게 보이고 어지러워 약을 중단 할 수밖에 없었다는 이야기를 들은 적이 있다. 물론 테오에게 쓴 답장에는 부작용의 범위가 이런 황시증 뿐 아니라 신경계의 우울증이나 소화기 쪽의 구토 오심 등의 가능성과 빈맥 서맥 같은 순환기의 부작용도 나타날

Wheatfield with Crows, 캔버스에 유화, 50.5×103cm, 1890

수 있다고 썼다.

　까마귀가 나는 밀밭을 보고 있다. 어디선가 유황 타는 냄새가 진동한다. 이곳은 지상의 모든 노랑이 불하된 지점 같다. 조만간 동생 테오와 닥터 가이세는 라부 여인숙 다락방에서 빈센트가 스스로 가슴에 방아쇠를 당겨 생을 마감한 소식을 듣고 이 길을 헐레벌떡 달려올 것이다. 뜨겁게 익은 이삭들이 숨 가쁘게 바람에 몸을 뒤 트는 동안 하늘은 매우 낮게 군청색의 우울로 덮여있다. 밀밭은 세 갈래의 길로 검붉게 패여 있고 그 끝에 까마귀 떼가 총성처럼 날아오른다. 극한과 극한 사이에 뭉게구름이 낭자하다. 생의 무한 통제가 풀리는 순간이다.

　테오에게 보낸 마지막 편지에 압생트 술과 디기탈리스의 과학적 실마리로 빈센트를 묶으려는 내 답변은 애초에 어설프고 부적절했다고 적었다.

빈센트의 노랑은 풍경이 아니라 응시다, 응시는 이미 막다른 골목까지 내몰린 사방의 불안한 시선에 갇힌 발작이다. 발작이 우리 눈에 낯선 빛으로 난반사될 때 이것이 그림 곳곳에 숨겨진 격렬한 노랑으로 응시된다.

· 김
익
경 ·

2011년《동리목월》로 등단. kigk88@hhi.co.kr

목 없는 얼굴

마당이 줄어들고 있습니다 주머니 속에서 조각 난 얼굴을 꺼냅니다 얼굴은 앞을 보지 못합니다 거울은 깨진 유리창처럼 외면합니다 나는 나를 비추는 거울입니다

관계가 소원해질 때마다 당신은 무거워집니다 입이 줄어듭니다 얼굴이 그랬죠 주머니 속의 형용사는 명료하지 않다는 것, 그래요 주머니는 당신과 닮았어요

당신은 너무 많은 립스틱을 담았군요 두꺼워진 눈썹과 매니큐어가 창살처럼 화려하군요 오늘 아침 당신의 주머니를 뒤졌어요 낡은 손톱과 몇 마디의 불완전명사가 갇혀 있더군요

분산된 얼굴들이
불임의 계절을 지나고 있어요

입술이 없어지고
손톱 없는 손들이
당신을 부르고
산란하게, 마당이 줄어들고 있습니다

초면들

이런 질문을 해도 될까요

입을 떠난 얼굴들이 일제히 실례를 합니다

어느새 콧등까지 다가섭니다

식도에서 한 발짝도 뗄 수 없습니다

오븐 속에 들어간 날 선 얼굴들이
막다른
말을 걸어옵니다.

외면해도 괜찮다고 말합니다

입술은 이미
보지 못한 첫 장을 넘겨
거품 같은 구면으로 달아오릅니다

거울 앞에서 당신은 나의 옷을 벗고 있습니다

누구나 초면이지만
모르지 않는
실례들이
면면을 단정 짓고 있습니다

우리, 언제 봤었던가요

너무 멀리 와 버렸네요

허니문 베이비

달덩이의 무게는 눈알과 동일하다

달이 없는 날이면 축농증이 심해진다

앞과 뒤의 거리는 너로부터 이격된 만큼이다

되돌아오기 위해서는 날을 세우는 방식을 익혀야 한다

오늘의 익숙함은 오늘이 처음이다

그리고는 세상의 처음인 천 날 밤을 보낼 것이다

답례로 떡을 돌릴 것이다

너는 음식이 아니라 행위라고 믿어왔다

음식이 행위가 되고 도구가 되는 것은 첫날밤부터 시작되었다

대치하고 있는 발가락이 벌어지고 있다

결국, 발가락만이 생존하는 힘이다

크리넥스

일종의 간택이다

되돌림 음표처럼 관능이다

유리방에서 붉게 감춰져 있는 너를 보았다.

천장을 읽는 것은 바닥뿐이었다

맨발의 문자는 따갑지 않지만 지워지지 않았다

실크터치, 보습 울트라 소프트처럼 기교적이다

이제 시작해볼까요, 움켜쥐진 말아요

뒤끝 있는 입술을 훔치는 야음의 펄프들

섬유질의 아침까지 틈을 만들고 있다

틈은 간격이 아니라 긴장된 통증이다

틈 속에서 자꾸만 납작해지는

그녀의 여린 입자가 의심스럽다

무거운 식단

텃밭에 팔 달린 상어를 키울 거예요 마늘과 바트라코독신을 먹일 겁니다 아마 3억 년쯤 뒤에는 발이 자라나 사막을 여행할 겁니다 그곳에도 당신을 닮은, 검은 햇살을 끌어당긴 독설의 아침상이 푸짐하군요 혀가 잘린 저녁에는 시린 잇몸으로 폭설 같은 허기를 상형문자로 채우겠지요 너무 무거운 것만 먹었으므로 목젖에 물이 걸리는군요 너무 많은 팔들이었으므로 읽는 것이 어려울지도 몰라요 배설은 너무 딱딱했으므로 발목이 저려올 때도 있을 거예요 우리는 지독한 난독증이군요 너무 오래 팔을 뻗고 있었으므로 식도는 무거워지고 위산이 넘칠지도 몰라요 너무 늦었으므로 쉽게 단단해진 우리의 야식은 거꾸로 읽는 레시피처럼 굴절될 겁니다 사정은 늘 변경될 수 있으니까요

말이 되었으면 좋겠다

말이 시가 되었으면 좋겠다 시가 말이 되었으면 좋겠다 말과 시가 하나였으면 좋겠다 말할 줄 아는 사람은 모두 시인이 되고 시인은 말하는 사람이면 좋겠다

*

나는 말을 익히지 못했다 말이 배이지도 않았다 발을 담그지 않았다 말을 할 수가 없다 말을 잊었다 나는 이따금 입 없이 말을 하고 혀 없이 말을 쓴다 너는 말이 아니라 시를 쓴다고 한다 나는 아니라고 하고 너는 아니지 않다고 한다

*

말은 무엇인가 되고자 한다 말이 말 되고자 하는 것은 말이
안된다 세상을 지탱하는 것은 말 되지 않는 말들이다 말되지
않는 말을 해야 말이 되는 저녁이면 유독 더 많은 말들이 만들
어진다 말에는 발이 있다 그러나 나의 말은 한 발짝도 나아가
지 못한다 이것은 말 되는 말이다 말 되는 말들을 알아차리는
너는 유능한 사람이다 그 보다 더 유능한 사람은 말되지 않는
말들을 만들어내는 사람이다

*

말은 위에서 소화되거나 대장을 통해 말이 된다 굵은 말,
단단한 말, 폭포처럼 비산되는 말, 숙변같이 쏟아지지 않는
말, 칼날 같은 말들이 그곳에 갇혀 있다 갇혀 있는 암癌 속에
는 3개의 입 없는 말들이 있다 버려지는 말들이 가장 아름다
운 말이다

*

나의 말은 시도 씨도 되지 않는다
나의 시는 말을 따라갈 수 없다

말 되지 않는 말을 만들어내지도 못한다

*

나의 말에는 발이 없다
발 없는 말도 없다

*

그리하여 나는 말을 잃고 시를 잃었다
부질없이 행을 나누고
연을 나누고 있다

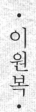

이
원
복

2014년 〈경상일보〉 신춘문예로 등단.

단풍병동

길병원 호스피스병동 위층에서 내려다보이는
구월남로에 단풍나무가 빨간 단풍잎을 떨어뜨리고 있었지
단풍잎은 단풍나무가 자신에게 주는 마지막 선물
자신에게 마지막 줄 수 있는 선물을 가진다는 것은
그동안 살아온 시간들의 불안정한 지배구조를 정리한다는
것이지

떨어진 단풍잎 사이로 철없는 연인들이 맨살을 부딪치고
그 자리에 빠르게 번져가는 감각 없는 통증
단풍나무들은 서로의 통증에 시샘하지 않지
걸음마를 막 뗀 아이들이 재잘거리며 지나가는
오후의 햇살이 주워든 단풍잎을 내 눈 안으로 밀어 넣으며

내 동공 속에도 빨간 단풍이 물들 때
나는 나에게 줄 선물의 목록들을 내 동공 속에 기록하지

창밖을 등지고 차가운 시멘트벽에 기대서면
벽 하나 사이를 두고 문을 열어둔 채
자신에게 마지막 선물을 하고 있는
여러 그루의 단풍나무들 서있었지

어제는 그동안 단풍잎 다 떨어뜨린 단풍나무 하나
뿌리가 드러날 때까지
다른 단풍나무들은 침묵으로 예의를 갖췄지
단풍나무들은 서로의 통증에 시샘하지 않기 때문이지

어제 단풍잎이 수북이 떨어진 병실 자리에 아이들이 찾아와
단풍잎을 두 발목 위에 덮으며 재잘거리고 있을 때
단풍나무는 그 자리에 땅을 뚫고 올라오는 어린 단풍나무를
보며 비로소 완고했던 뿌리의 무릎을 드러내었지

그리고 나는 내 무릎을 아무에게나 보여주지 않기로 마음
먹었지

벽장 속 하모니카

빗방울무늬의 벽장문을 연다
벽장 속에서 눈 없는 말이 튀어나와 내게 묻는다
너 하모니카 불 줄 아니?
눈 없는 말이 나를 벽장 속 몽돌해변으로 데려간다
이 몽돌들을 먹고 눈동자가 생길 수 있었으면
그런데 너 하모니카 불 줄 아니?
하모니카를 불기에는 내 날숨이 서투르다
벽장 속 해변의 바람은 바다에서 육지 쪽으로만 불고 있다
해변도 날숨이 서툰 것이다
나의 눈두덩으로 들어와 박히는 유리조각
나의 날숨과 해변의 날숨이 부딪쳐 유리조각으로 깨진 것
이다

나는 빛나는 눈동자를 가지고 눈 없는 말을 타고 몽돌해변을 달린다

그런데 너 하모니카 불 줄 아니?

벽장 속에선 자신을 이끌어줄 오직 한 가지의 소리만 들어야한다

소리는 바람의 굴절이므로 심심찮게 자신의 발목을 꺾는다

눈 없는 말은 하모니카 소리를 원했다

날숨이 서툰 이 벽장 속에서 나는 눈 없는 말의 눈동자를 대신 할 수 있을까

하,모,니,카

살아 숨 쉬는 들숨 날숨의 호흡법은 각자의 하모니카를 불기 위한 것

벽장 밖 세상은 수많은 하모니카의 소리들로 가득하다는 것을

이 벽장 속 해변에 들어선 후 알게 되었다

각자의 호흡법대로 불리는 하모니카

지구의 자전소리를 우리가 듣지 못하듯

우리 또한 서로의 하모니카 소리들을 놓치고 있는 것이다

우리의 눈이 사라지게 되면 비로소 그 소리들 들을 수 있을까?

벽장 속 눈 없는 말처럼
벽장 밖으로 나와 네게 묻는다
그런데 너 하모니카 불 줄 아니?

무화과 꽃

　교차로에 섰다는 것은 혹독한 2인칭 관찰자시점 과거의 소실점에서 막 빠져나왔다는 것이지. 교차로에 서서 방향감각을 잃은 나는, 한 방향으로 기우는 달의 행보를 바라본다. 그런 달의 위성이 되고 싶었다. 나는 달의 궤적에 내 몸의 기울기를 맞추기로 한다. 나는 일용할 양식이 필요했고 그들은 일정한 양식이 필요했다. 오늘도 몇 번의 면접을 보고 나와 기울어진 내 이력은 교차로 가로등에 매달려 저녁 불빛의 조사각을 더 기울어트렸다. 이제 익숙한 단념이 나의 일용할 양식이다. 길게 졸음이 정렬된 지하철에 몸이 담긴다. 지하철 벽면에 즐비한 성형외과 광고를 보다가 익숙하게 기울어진 내몸과 내 이력들이 바르게 세워지고 고쳐지는 꿈을 꾼다. 그러다 쪽잠에서 깨면 달의 위성인 나는 다시 기울어진 궤도의 자리에서 일어서야 했다.

지하철역 출구 한구석 과일 좌판에 내놓은 내 얼굴처럼 쪼
그라든 무화과를 본다. 일용할 양식이 필요한 내 허기진 눈빛
을 읽은 친절한 가게주인이 무화과 하나를 반으로 쪼개며 호
객행위를 한다. 봐요! 이 분홍 작은 돌기들이 바로 꽃이에요.
무화과는 꽃이 피지 않는 과일이란 뜻이죠. 하지만 사실 이 열
매가 곧 꽃인 거죠. 우리는 내면을 보지 않고 꽃이 없다 말하
는 오류를 범하죠. 누구나 내면에 꽃을 품은 채 기울어져 살아
가는 열매들인데 말이죠. 봐요! 주름진 무화과 껍질 속 내면에
만발한 이 꽃, 당신의 꽃, 꽃들을. 나는 거리의 검은 비닐봉지
속에 담겨 궤도를 벗어난 긴 잠을 잔다. 이제 무화과는 나의
위성들이다.

Sunburst *

1.
흑백 화면의 지상으로 뱉어 낸 하늘의 각혈이
술 취한 하루의 일기를 쓰는 가난한 일용공의 빛바랜 노트
를 물들이네
침잠했던 일용공의 오늘 하루를 선명하게 각인시키고
아직 풀이 돋지 않은 지상 위를 덮어주는 이불이 되어
그 속으로 삼삼오오 모여든 한 시대의 군상群像들이
홀로 떨어져 타고 있는 장작개비를 끌어안고 잠이 드네
아침이면 각자 가슴에 묻은 그을음을 닦아내며
제 색채를 잃은 겨울 도시의 거대한 유리창 앞에 서

---

* (구름 사이로 갑자기 비치는) 강한 햇빛. A ndrew York가 작곡한 기타연주곡
제목.

물기 젖은 모래주머니를 이고 버티는 연습을 반복하네
서걱서걱 그들의 실핏줄 속으로 모래가 출렁이며 흐르는 소
리 들리네

2.
어디서든 살아있으라
실종된 아이를 찾아 생업을 포기한 아비의
바람 빠진 풍선같이 오그라진 허파부위로 반딧불이들 몰려
드네
시간의 손끝에 할퀴어 생긴 아비의 빗살무늬 허파에 빛이
스며드네
반딧불이들의 무덤 앞에서 결코 울지 않으리
아비 자신도 모르는 새 양 발에 신발은 짝짝이로 신겨있고
아비가 찾아 돌아오는 길 어귀마다 가지를 꺾어 징표를 남
길 때
아비의 오그라진 허파는 하나의 거대한 반딧불이처럼 빛을
내네
어둠이 무언극 공연을 시작하는 아비의 뜰 앞
울음에 전착했던 시간의 박피들이 쏟아지고
아비는 스스로 벗어 놓은 허물을 뒤집어쓰며

한 마리의 슬픈 반딧불이로 퇴화되어 가네

3.
보이네,
알쯔하이머 할머니를 찾아뵙던 어느 한낮
먹구름들이 우수수 내뱉는 저 찬란한 오렌지들
나른한 오후의 졸음처럼 찾아온 나를
할머니는 오렌지라 부르시네
오렌지, 다음번에도 나는 오렌지예요, 할머니
보이네,
할머니의 헝클어진 센 머리, 센 기억 위로 툭툭 떨어지는
저 오렌지들
할머니 댁 마당에 쪼그리고 앉아 졸고 있는
내 버려진 이력들
졸음처럼 어느덧 내려진 영혼의 암막커튼
기억이라는 암실에서 추억의 필름을 빼내시며
더듬거리던 할머니의 손끝으로 모여든 망각의 뿌리들이
할머니의 손을 잡았던 사람들의 손에서 손으로
점점 뻗어가고 있는 모습들이
보이네,

짝사랑

8월이 오면 기차를 탈 거예요. 깜깜한 어두움을 꿰뚫는 밤기차를 탈 거예요. 9년 만이에요.

밤기차를 타면 어두운 창밖 세상의 우두커니 나를 만날 수 있어요.

목적지는 치즈냄새 풍기는 달력 속 몽마르트 언덕이에요,

공원벤치 옆 커피자판기 속 에스파냐 광장이에요, 기타울림통 속 슬픈 트레몰로 알함브라 궁전이에요, 사실 목적지는 아무도 몰라요. 목적지를 모르고 기차에 오르는 것이 사랑이라 생각도 해봤어요.

내가 뚫고 지나치는 저 어두움 피는 과연 어떤 색일까요?

가끔 어두움의 바탕은 푸르지만 어두움의 피가 검기 때문에 어두움은 온통 검은 것이라 생각도 해봤어요. 그러고 보면 어두움은 온통 상처투성이군요.

　8월이 오면 기차를 탈 거예요. 밤기차를 탈 거예요. 사랑은 밤기차를 타는 것이라 생각도 해봤어요. 내 사랑도 일찍이 어두움이었나 봐요. 까막눈이 너는 바보, 까막눈이 너는 바보, 어두움은 나를 놀리며 자꾸 창밖에서 나만 보여줘요.

　8월이 오면 기차를 탈 거예요. 밤기차를 탈 거예요. 평행선 위에서 늘 평행선만 긋다가 날아간 내 사랑을 추모할 거예요. 만나기도 전 사라져가는 사랑의 아픔을 철로만이 알 거예요. 내 가슴은 평행선에 걸려 어두움의 피에 물들고 있어요.

　8월이 오면 기차를 탈 거예요. 밤기차를 탈 거예요. 기차를 타지 않으면 내가 기차가 되겠어요. 어두움을 두고 떠나 새벽을 맞이하러 나 가고 싶어요. 곧 밝은 날을 볼 수 있으리라 믿어요.

　8월이 오면 기차를 탈 거예요. 밤기차를 탈 거예요. 밤을

새며 갈 거예요. 어두움의 피를 닦아주고 싶어요. 9년 만이
에요.

현세는 하나의 거대한 자궁 안이다.

옹기박물관에 갔었다. 그곳을 가기 전 나는 그저 옹기 같은 김치나 된장, 고추장, 간장 등을 담아놓는 항아리 따위의 무생물엔 별 감흥도 없었고 기대도 없었다. 그냥 주위에 주둥이를 하늘로 향하게 하고 놓여있는 불룩한 항아리들을 보면 금붕어를 닮았다는 생각이 들었고 또 그 금붕어가 붕어빵으로 연상되며 배가 출출할 뿐이었다

그런데 그곳에서 나는 뜻밖에 박물관 해설사로부터 이 옹기가 보기에는 그냥 음식을 담는 보통 용기로 보이지만 실은 제조과정에서 생긴 무수한 숨구멍 때문에 통기성이 좋아 음식이 잘 익고 상하지 않게 하는 그야말로 살아있는 용기라는 설명을 듣게 되었다. 한낱 무생물에 불과해 보이던 항아리가 살아있다니! 그 순간 나는 금붕어처럼 보이던 항아리가 갑자기

하나의 거대한 어머니의 자궁처럼 보이기 시작했다.

일상에서 힘들고 지친 육신이, 살아있는 마치 저 어머니의 자궁 같은 항아리 속에 들어가 한 사나흘 쉬다보면 기운을 차리고 나와 신선하게(reflash) 다시 시작할 수 있을 것이라는 생각이 들었다.(그리고 바로 '나의 악몽은 서정적이다' 라는 시를 쓰게 되었다)

박물관에서 보았던 고대의 옹관묘 풍습 역시 이런 옹기의 특성에 기인한 것은 아닐까? 아직 정확한 그 풍습의 유래는 알려진 바 없지만 이 옹관묘 풍습은 아마도 죽은 육신을 통기성이 좋은 옹기 안에 보관하면 그 육신과 영혼이 계속 숨을 쉬며 오래 함께 할 수 있다는, 또 어머니의 자궁 안으로 다시 들어가 언젠가 다시 돌아올 수 있다는 의미를 지닌 고대 신앙의 한 상징이 아니었을까?

사실 이런 나의 생각의 모티브가 된 것은 성경 요한복음서 안 예수와 니고데모의 대화이다. 예수를 몰래 찾아온 당시 유대의 지식인이었던 니고데모에게 예수가 사람이 거듭나야만 하나님의 나라를 볼 수 있다고 말하자 니고데모는 사람이 늙으면 어떻게 다시 태어나야 하는가? 다 큰 몸으로 어머니의 자궁에 다시 들어갔다 나와야 하는가? 라며 지식인답지 않은 다소 황당한 질문을 예수에게 던진다. 성경에 당시 유대인의 선생이며 오늘날 국회의원과 유사한 지위의 공회원으로서 영향력을 지녔던 니고데모가 남들 눈을 피해 밤에 몰래 예수를 찾아가 대화했다는 것을 보면 이 엉뚱한 질문은 단순한 농담이 아닌 나름대로 진리를 갈구하는 니고데모의 간절함에서 나온 진지하고도 순수한 질문이었음을 유추해 볼 수 있다. 이에 예수는 물과 성령으로 거듭나야한다는 대답을 하게 되는데, 즉 니고데모의 질문은 육신의 생각에 머물러 있었으나 예수의 대답은 영혼의 문제를 다루고 있는 전혀 다른 차원에서 접근해야 깨달을 수 있는 대답이었던 것이다

어머니의 자궁을 다시 생각한다.

톨스토이는 '사람은 무엇으로 사는가?'에서 인간에게 허락되지 않는 것은 바로 닥쳐올 인간의 죽음 곧 미래라는 것을 말하고 있다. 분명한 것은 우리 인간은 언젠가는 한 사람도 예외 없이 죽음을 맞이한다는 것이다. 그렇다면 우리의 과거는 또 어떠한가? 우리 인간에게 과거의 기억들은 허락되어 있는가? 여기서 내가 얘기하고 싶은 과거는 바로 어머니 자궁안에서의 과거, 우리의 기억들이다. 우리가 어머니 자궁 안에서 보낸 과거의 시간들을 우리는 정확하게 기억하고 있는가? 우리는 어머니의 자궁 안에 잉태되어 열 달 동안 탯줄로

이어져 영양분을 공급받으며 양수에서 어머니의 심장 소리를 들으며 어머니의 말과 외부의 빛과 소리에 반응하며 함께 했었던 자궁 안에서의 기억은 어렴풋이라도 없다. 그러나 우리 모두 어머니의 자궁 안에서 긴 시간동안 있었다는 것은 부인할 수 없는 분명한 사실이다.

그렇게 어머니의 자궁 안에서 열 달을 지내다 때가 되니 알 수 없는 강한 힘이 우리를 자궁 밖으로 밀어냈고 그 힘든 순간을 이기며 우리 모두는 이 새로운 세계, 즉 육신의 지배를 받는 이 현세에 발을 딛게 된 것이다. 그리고 과거 자궁안에서의 생활은 전혀 기억하지 못한 채 지금까지 살고 있는 것이다.

다시 인간의 죽음 이후를 생각해본다.

어쩌면 인간의 죽음 이후의 상황도 그렇지 않을까? 어느 순간 이 세상에 나왔지만 우리가 자궁 안에서의 생활을 전혀 기억하지 못하듯이 어느 순간 알 수 없는 강한 힘이 우리를 죽음이라는 문 밖으로 밀어내면 우리는 어쩌면 죽음의 문을 나서기 전의 실재했던 이 현세에서의 생활을 전혀 기억하지 못한 채 또 다른 차원의 세계에 발을 디디게 되지 않을까?

마치 미야자키 하야오의 '센과 치히로의 행방불명'에서 어쩌다 신들의 세계에 들어가게 된 센이 '센'이라는 이름을 유바바에게 빼앗기고 '치히로' 라는 다른 이름을 새로 부여받아 '센' 이라는 이름을 잊어버리게 되면 그 세계에서 벗어나 돌아가지 못하고 다른 이름으로 영원히 그 곳에서 살아야하는 처지에 놓이게 되는 것처럼 어쩌면 우리 인간들도 한 번의 죽음 이후에는 이 현세에서의 오랜 시간을 기억하지 못한 채 새로운 형상으로 지금과 같이 육신의 지배를 받는 세계와 전혀 다른 차원의 세계, 즉 영혼의 세계에서 살게 되지는 않을까?

그렇다면 지금 우리는 현세라는, 죽음 이후에는 전혀 기억하지도 못할 이 현세라는 하나의 거대한 자궁 안에서 한시적인 삶을 살아가고 있는지도 모른다.

정창준

2011년 〈경향신문〉 신춘문예로 등단. panana74@naver.com

모나미 153

나는 어디에나 놓여 있어서, 사라져도 눈치 채지 못하지, 누구나 한 번쯤 나를 철 지난 외투의 주머니에서 발견한 적이 있을 거야, 당신의 몸 어딘가에는 치매의 유전자가 숨어 있어, 자주 수용성의 잉크로 쓰여진 드러누운 기억들이 번져가곤하지, 노 서프라이즈, 그렇다고 제발 내 머리를 꾹꾹 눌러대지마, 내 생각을 한 번도 써 본 적이 없는 나는, 육화된 기억의 복사기,

제길, 나는 쓸모가 없는 사람이지만 이렇게 쓰이고 싶지는 않았어. 나는 쉽게 길들여지지 않지만 나를 길들여 본 사람들도 드물지.

내 몸을 만졌던 당신의 손은 나를 잊을 수가 없을 거야. 꾹꾹 눌러 썼던 주민번호처럼, 전화번호처럼, 주소처럼. 낯선 필기구의 촉감에서 느끼는 당혹감은 모두 내 육각의 외피에서 비롯되지. 육각의 나는 함부로 몸을 굴리지 않아, 내가 선물한 펜촉은 여전히 잘 지니고 있는 거야? 손목터널증후군이 심해질 때면 펜촉을 들여다 보게 되겠지, 내 안을 들여다 본다면 반투명의 심지 속에 당신을 위해 남겨둔 힘이, 그러나 쓰일 수 없는 힘이 선명하게 보일거야, 난 그래, 지나치게 솔직하지. 그런 내가 사라진다면 그것은 오롯이 당신의 부주의가 그 이유, 흥, 번번히 서랍은 왜 뒤져? 당신의 생각을 적는데 왜 내가 짙은 잉크를 흘려야 할까.

당신들이 나를 위해 남겨둔 하기 싫은 일들이 세상에 넘쳐 나는 것 같아. 거짓을 기록하기 위해 씻기지 않는 내 잉크를, 내 몸을 함부로 빌리지 마. 제발.

WELCOME JUICE

할로, 웰컴, 꼬레안. 저도 그곳에 가고 싶어요. 하지만 꼬레아 는, 그곳은 늙거나 몸이 불편한 신랑이 많은 곳이랬어요, 화내 지 말아요, 플리즈, 당신은 이곳에 웃기 위해 왔잖아요, 그곳에 서 가까스로 적립해 온 카드포인트 같은 웃음을 여기서 마음껏 풀어 놓고 몇 장의 사진에 구겨 넣어 가겠죠. 그래요, 이곳의 풍 경은 근사하지만 제 동생은 당신의 웃옷에 그려진 흰 꽃만큼 큼지막한 희망을 가지고 작년에 떠났죠. 당신들은 겨울을 피해 이 곳으로 오고 우리는 여름을 버리고 흰 겨울 속으로 들어가 요, 당신들은 이곳으로 놀러오고 우리들은 그곳으로 일하러 가 요. 이촌향도의 상행선 같아서, 돌아오는 것도 쉽지는 않아요, 쉽게 우리를 놓아주지 않죠, 불법체류자는 여러모로 유용하 니까요, 놀라운 일은 아니예요. 바야흐로 글로벌시대잖아요.

필요가 이동을 만들어 내죠. 오, 쏘리, 웰컴 주스 한 잔 드세요, 그 곳에는 웰컴 주스가 없잖아요, 열대과일이 없어서만은 아닐 거예요. 그리고 있다 해도 우리를 위한 것은 아니죠. 그곳에서도 우리는 서비스를 해야 하니까. 밤이 손등 보다 어두워져야 일터를 벗어나 거리로 나갈 수 있겠죠, 거리에서 특히 우리는 이방인이예요, 게이와 우리 중 누가 더 싫은지는 언제나 헷갈리죠, 리바이스와 나이키를 입어도 당신들의 곁눈질과 싸늘한 말투는 달라지지 않아. 우린 단지 당신들 중 누군가를 대신해서 무시당하기 위해 그 곳으로 갈 뿐이죠, 큰 눈은 더 많은 슬픔을 담기에 적절하대요, 그러나 더 많은 슬픔은 사양하겠어, 아무리 각오를 하고 가도 익숙해지지 않아 저기 세부의 바닷가 위로 솟은 담벼락 위의 노을처럼 손쉽게 붉어져 출렁거리는 삶, No Yehh.

이상성애 강철거인

불행하게도, 송전탑이 살아있다는,
사람을 먹고 자란다는 소문은 진실이었다.

강철로 조립된 거인은 노인성애자였다. 그들은 도시에서 밀
려나 노인들의 거주지로 스며들었다. 굵고 긴 케이블로 연결된
그들의 네트워크는 단단했고 늙고 아픈 자들의 자리만 골라 디
뎠다. 그들은 도시에서 유배되었지만 도시를 향해서 달리고 있
었다. 여러모로 반갑지 않은 이웃이었지만 도시의 안전을 위해
송전탑은 거기 있어야 한다고 했다.

비록 한 발짝도 움직일 수 없었지만 도시에서 밀려난 이 거
인들은 합법적으로 서로의 몸을 묶고 서서는 늙고 아픈 자들

만 불러 들였다. 제복을 입은 자들이 갑자기 굽신거리며 나타나서는 거인을 데리고 사는 것이 어떻겠냐고 점잖게 권유했다. 이혼한 아들이 보내는 양육비처럼 금액은 들쑥날쑥했으나 제안은 꾸준했다. 도시로 떠난 자들의 빈자리는 언제나 도시에서 밀려난 것들이 재빨리 채웠다. 거인 보다 지독한 권유와 욕설이 무서웠던 한 노인이 자살했을 때, 가족 보다 빨리 제복들이 나타나 기자들의 질문에 성실하게 음독의 이유를 설명했다. 악몽이었으나 거인의 묘지가 될 자리는 이미 터를 잡았고 크고 아름다운 새 이웃으로 인해 어디에도 갈 수 없었다. 사실 거인은 시체성애자였음이 드러났다.

음성학개론

당신은, 구개음으로 온다, 먼 목구멍의 연구개부터 아득하
게 떨며 단단한 입천장을 온통 습하고 더운 공기로 간질이며,
온다.

나는 젖니처럼 얌전히 박혀 기다리고 있어요, 당신이 붉고
부드러운 혀끝처럼 와 닿기를, 그래서 우리 틈의 밀어密語가
치조음으로 서서히 새어 나오길, 와락 달려 들지 마세요, 우리
에겐 시간 만큼이나 거리가 중요하죠, 천천히 왔듯 천천히 나
를 스쳐 지나가세요, 부디

우리 사랑은 담아둔 감정이 한 순간에 터져 나오는 파열음
으로 시작되어 서서히 새어 나가는 마찰음으로 끝나는, 파찰음

이어야 한다, 불쑥 와서는 서서히 풀려나가던 당신, 풀어내기
위해 내 안에 머금었던 시간들, 반설음 같은 삼보일배의 자세
로 몸을 접고 조심스럽게 더듬어보는 실수들,

　　그러나 공기를 머금을 때 나는 소리는 없죠, 입 밖으로 새어
나가는 순간 사라져 버려요, 내 옆구리로 감겨 오던 당신의 젖
은 손이 만들어 내던 떨림, 그때 마다 바람에 흐트러지던 머리
카락 같이 어지러운 기억들, 성난 것들은 왜 모조리 마찰음을
낼까요, 나를, 나와의 시간을, 그 때 마다 내가 폐부에서 길어
올리던 긴 울음처럼 긁어내던 후음들을, 나와의 간격을 더는
견딜 수 없던 당신이 만들어내던 늦여름의 태풍으로 삐걱거리
는 간판 같던, 격렬한 마찰음, 킥킥킥,

마침내 컴컴한 입 속을 더듬으며 또박또박 새겨 넣기 위한,
당신의 이름 같은 수업

루시드 드림 1

― 프롤로그, 꿈 사용법

이건 기린의 잠과 매우 비슷해. 약육강식의 위태로운 삼각형의 아래에서 대대로 빠져 나오지 못했던 몸이 평생 꿈꿔왔던 나른한 순간을 향해 비스듬히 머리를 눕혀 보는 것. 사자의 숨소리를 향해 꼿꼿하게 일어선 두 귀에 힘을 빼고 마른풀들의 자리에 누워 봐. 마치 눈을 감지 않는 물고기의 둥근눈처럼, 씨앗을 움켜쥔 채 바위 틈에 걸린 홀씨처럼, 거미줄에 걸린 나방처럼 말이야(그런데 나비는 죽음도 도망도 우아할까).

혼신의 힘을 다해 도망치는 거야.
여기서, 그리고 잊지마. 도망은 방향이 중요해.
여 · 기 · 로 · 부 · 터 도망가야 하는 걸 잊지마.

이젠, 이곳에서는 절대 보거나 들을 수 없던 것들을 떠올려 봐. 마스카라가 번진 채 매대에 선 남성판매원의 모습이라든가, 저녁 무렵 외피를 긁어대는 나무의 하품, 온 가족이 모여앉은 평일 저녁의 따뜻한 저녁의 식탁이나, 금요일 오후부터 기다려지는 월요일의 출근이라든가, 앞다리가 먼저 생긴 올챙이 같은 것들. 내 경우에는, 토끼의 울음을 떠올려. 부어오른 발등으로 토끼의 축축한 혓바닥이 느껴지면서 관악기의 입구에 귀를 댄 순간처럼 아득하게, 혹은 아늑하게, 흐느낌 같은 토끼의 울음소리가 새어나오는 순간,

루시드 드림은 시작되지.

자, 그럼 확인해 볼까.

엄지를 천천히 뒤로 꺾어볼래. 꺾인 엄지가 손등까지 닿아 손등을 뚫고 손바닥 사이로 엄지 손톱이 보이면 성공이야. 한 번도 겪어보지 못한 세상을 네가 만들어 나가는 거지. 루시드 드림이 필요한 이유는 단 하나, 지금 여기 있는 세상이 마음에 들지 않기 때문이지. 그리고 좀처럼 변하지 않는다는 것이 더 끔찍하기 때문, 아무도 네가 만들고 싶은 세상을 묻지 않아, 길들지 않은 군화에 말랑말랑한 네 생각을 억지로 밀어넣을 뿐이

지, 이건 단지 아무도 볼 수 없고 들을 수 없는 네 세상을 만드
는 거야. 불법은 더더욱 아니야.

　　그런 의미에서
　　이것은 어쩌면 죽음의 대체물이야.

　생각해 봐. 현실이 오히려 꿈이야. 질 나쁜 악몽이지. 불행하
게도, 여기에 네가 행복을 만들 수 있을 기회는 없어. 우리는 이
미 살고 싶지 않은 곳에 놓여 졌어. 데모 따위는 이제 너무 식
상하지 않아? 그렇다고 알약을 삼키거나 아파트 옥상 위에
서 뛰어내리는 것은 어리석은 짓이야. 목격자들의 고통도 배
려해야지. 굳이 삶을 놓지 않아도 우리는 현실에서 벗어날 수
있어. 고생 없이, 근면 없이,

　　복종 없이 행복해 지는 방법.
　　그리고, 다행히 꿈은 검열되지 않아

　단지 꿈을 꾸는 거야, 현실의 반대로 그리면 돼, 버려야 했던
것들을 품고 도시로 날아올라. 날개뼈가 있다는 걸 잊진 않았
지? 오직 공상으로 단련해 온 상상력이 꿈을 조정할 수 있는 조

이스틱이 되겠지, 벽 너머로 들려오는 부모의 한숨소리로부터 도망쳐, 슬픔으로부터, 고통으로부터, 무기력함으로부터. 모든 사소한 것들의 이름을 고쳐 쓰는 거야, 네가 바꿀 수 있는 이름 들을. 무수히 많은 SMITH를 지우며, 네게 명령된 금지를 금지 시키며 이제 시작해 봐. 당신,

　　NEO 혹은 ONE.*

---

* 워쇼스키 형제의 영화, 〈매트릭스〉에서

얼굴들
— 사람이 아닌 신념을 기억하라고 배웠다 *

우리는 드디어 자신의 병으로 자신을 드러내는 시대를 살고 있다. 우리 중 대부분이 앓고 있으므로 나 역시, 뮌하우젠 증후군을 앓고 있다. 이런 시대적 흐름 속에서 예외가 된다는 것은 여러모로 불편하기 짝이 없는 일이므로. 그래서 나는 당당히 안면인식장애** 환자다. 중증은 아니겠지만 종종 오랫동안 함께 지내다 헤어져 조우하게 된 사람을 못 알아보기도 한다. 그러나 이것 역시 순전히 상대방의 진술일 뿐, 나는 그들을 모른다.

이런 일화가 있었다. 새로 전근 간 학교에서 같은 교과 선생님들과 즐겁게 식사를 하고 나와 귀가하기 위해 차의 문을 열던 순간, 같이 식사를 했던 동료교사 한 분이 자기를 왜 모른 척

---

* 영화, 〈브이 포 벤데타〉, 2006.
** 사람의 얼굴을 알아보지 못하는 질환으로 故 신해철이 자신의 아내를 못 알아본 일화는 유명하다.

149

하나며 나에게 다가와 힐난조로 이야기했다. 주위에 있던 다른 교사들이 왜 그러냐고 웅성거리기 시작했고 나는 어안이 벙벙했다. 이런 일이 처음이 아니었기에 나는 기억을 더듬기 시작했다. 기억나지 않았다. 내 기억 속에 없는 사람이었다. 집으로 돌아가 동창들에게 전화를 돌린 결과 중학교 때 국어선생님이셨다. 다음날 그 분에게 찾아가 내 병증을 설명 드리고서야 이해를 얻을 수 있었지만 이런 일을 겪을 때 마다 나는 진땀이 나곤 한다. 그리고 고교 동창이자 함께 근무했던 친구의 얼굴을 기억하지 못해 우연히 만난 고깃집에서 그가 인사를 건네오던 순간 기억하지 못하는 내 모습에서 망연해 하는 그의 얼굴을 접했던 순간, 그리고 그 옆에 있던 그의 아내가 나를 들여다 보던 황망한 눈길과 마주하는 순간, 나는 확실하게 알게 되었다. 내 안면인식 장애가 결코 가벼운 증상만은 아니라는 것을.

그러나 나는 간혹 이름도 모르고 한 번 스쳐 지나갔던 이들의 얼굴을 생생하게 기억한다. 20대 초반 버스에서 우연히 눈이 마주친 채 10여 분을 서로 마주 보았던 여자, 오르내리는 승객들로 인해 시선이 잠시 끊어지기도 했지만 고속버스터미널 정거장에서 그 여자가 내릴 때 까지 한 순간도 눈을 뗄 수 없었던 여자, 검은 옷과 검은 머리핀을 꽂고 있던, 짙은 슬픔이 깃든 눈동자를 가지고 있던 여자, 자기 몸 절반의 트렁크를 발치에 둔 채 무심히 나를 응시하던 여자, 마치 나를 보는 것이 아니라 투명한 내 뒤의 허공을 바라보는 것 같던 눈동자, 그리고 한동안 내 기억 속에서 모든 슬픔은 그 여자의 표정을 하고 있었다.

그리고 나는 또 기억한다, 숱한 얼굴 아닌 얼굴들을. 지난 여름 무심코 들른 평택에서 10여 년 만에 재회한 선배의 집에서 하룻밤을 묵으면서 새벽까지 마신 술 탓에 숙취가 덜 가신 아침, 잠을 깨기 위해 나온 2층 주택 테라스에서 대추리를 가리키던, 굵어진 손마디를 달고 있던 단단하지만 서늘하던 팔뚝의 표정을, 담담하게 잡아내던 카메라 앵글 구석구석 국화꽃과 함께 걸려 있던 소녀들의 영정 사진들을, 해변에 얼굴을 묻은 채 물에 불은 신발에 떠밀리듯 누워 시리아 난민 쿠르디의 좁은 등이 보여주던 고단함과 공포를, 장국영의 사망 소식을 라디오로 듣던 어떤 귀갓길 내리는 비와 함께 자꾸만 차창으로 달라붙던 하얗게 질린 벚꽃잎들의 표정들을, 대학 4학년 저녁에 만났던 눈물이 저절로 흐르게 만들었던 더운 대기 사이로 엿본 붉디 붉은 노을의 젖은 얼굴을, 중학교 시절 부당하게 맞고 몇 시간을 엉겨 붙어 자기를 죽이라고 울부짖으며 외치던 유난히 체구가 작고 말이 어눌하던 친구의 충혈된 성대를, 용산에서 파열음과 함께 뜨거운 몸짓으로 일어나던 흉측한 화마의 맨얼굴을, 잠에서 좀처럼 깨지 못해 사주 경계를 제대로 하지 않는다는 이유로 5톤 트럭 뒤 짐칸에서 내 화이바를 개머리판으로 후려치고 한 동안 내 시선을 에둘러 다니던 고참의 어깨가 만들어 내던 미안한 얼굴을, 기억한다. 기억해야 한다.

다시 진술한다, 나는 안면인식장애 뮌하우젠 증후군을 앓고 있다. 그러나 그 병명은 안면골격 및 피부조직 구분장애라는 표현으로 정정해야 할 것이다. 동시에 나는 다양한 신념이나 슬픔이 짓는 표정이 만들어내는 장면이나 인상을 평생 잊지 못하는 인상망각장애 뮌하우젠 증후군 환자다.

수요시가 주목하는 젊은 시인

안민호
2010년 《불교신문》 신춘문예 등단.

이소호
2014년 《현대시》 등단.

김관용
2015년 《경향신문》 신춘문예 당선.

실낙원

안민

그대 어깨 위에 무거운 밤이 아직도 얹혀 있다

푸르스름한 어둠 속에 영혼을 버려두고 돌아오는 날이 많아진다 소금밥을 삼키거나 굶는 구간도 넓어지고

어제의 내가 어두운 거리에서 아직도 비틀거린다 밤엔 과녁들이 많지만 늘 내가 관통당한다 데리고 오지 못한 내가 벽에 기댄 채 가쁜 숨을 몰아쉬고 있다

먼 여정이 허망하여 그대가 서 있던 낯선 전철역을 향해 두어 번 울었고 그대가 앉았던 의자를 생각하며 코피를 흘렸다 그즈음 죽으러 가는 새들의 행렬이 나의 심장 쪽으로 일제히

추락했고 모르는 여자가 내 무릎을 판각했다 그대 얼굴은 왼쪽만 울었고 길도 왼쪽만 캄캄했다

오늘은 태양이 떠오르는데도 심장에선 새들이 퍼덕거려요
당신 괜찮아요, 당신 괜찮아요,

나는 이미 익명인데도 얼굴을 다시 익명 속으로 꾸겨 넣는다 가면은 시원에서부터 존재했고 지상에서 영생을 누릴 것이다 7일은 신이 창조했지만 7일 이후는 형체가 없으므로 신의 영역 밖이다

익명과 숫자의 상관계수를 모르는 신의 동공에 해무가 그득하다

어제 내 속에 추락한 새들이 예쁘게 웃으면서 묻는다
함께 떠나지 않을래요?

어둠과 새가 엉켜 노래한다

목이 연약한 식물을 살해한 누군가는 식물에 죽임을 당할

것이다, 라고 적고 있지만 내 안에 고인 음악은 밤을 너무 오래
만지작거린다

　어둠 속에 버려둔 어제의 영혼이 그대 반대편으로 마구 펄
럭인다

모래시계 〈자선대표시〉

안민

그러니까 이건 난해한 스토리다 시간이 감금된다는 것, 지평선이 허물어진다는 것, 아무리 버둥거려도 네 안에선 꽃이 피지 않는다

믿기지 않겠지만 네 운명은 사막을 견디는 것, 주위를 돌아봐도 어머니가 보이지 않는데 너는 수북했겠지 전생에선 낙타와 은빛 여우가 네 심장에 고독 같은 족적을 남겼겠지 뿌옇게 흩날리는 허구들,

그건 너인 동시에 나였다 그즈음 거대한 언덕이 또 다른 너와 나로 분열되며 무너져 내리고 있었다 그 불가해한 지대에서

바람의 몸을 빌려 이곳에 갇혔다 그리고 윤회, 이제 더는 세포분열이 없을 것인가

그러나 네가 속한 이곳도 블랙홀, 네 원적에선 아직도 푸른 두건을 두른 자들이 몸을 횡단하겠지만 이곳에선 알몸의 안구들이 네 몸을 횡단한다 너는 죄명도 없이 유죄다 눈들이 헉헉거리며 너를 가늠한다 어떤 눈은 탈레반처럼 날카롭다 어떤 눈은 대상처럼 탐욕적이다 그들의 눈 또한 주르륵 흘러내린다 폭염과 침묵 속에서

흘러라 흘러,

삭막한 육신이여,

너는 사막을 허물어 나의 무덤을 짓는다 이젠 내 차례다 내 몸을 뒤집어 네 무덤을 지어주마

눈들이 주목하고 있다 우리의 난장을, 소멸을, 이해할 수 없는 순환을

직소

내가 죽기로 결심한 날
먼저 목을 맨 건 동생이었다*

재는 분명 지옥에 갈 거야
우릴 슬프게 했으니까

우리는 거실에 줄지어 누워 각자의 방식으로 명복을 빌었
다. 감은 눈과, 맞잡은 깍지 손. 주인 없는 빈 서랍의 일기장.

---

* 나는 내가 좋아서 죽는 것이므로 아무도 슬퍼하지 않기를. 나는 좋아하는 일을 이
룬 것 뿐이니까. 아무것도 뒤지지 말고 정말 서랍 한 칸열어보지 말고 모두 태워주기
를. 사랑한다. 사랑한다. 당신들을 사랑한다. 내가 죽을때까지 곁에 있어준 모든 이
들에게 축복을." 2012년 11월 7일 모두가 잠든 시간, 나의 책상에 놓인 시진이의
유서 전문.

맞지 않는 홈에 억지로 몸을 구겨 넣으며 서로에게 가닿은 부분만 여러 겹으로 점점 헐고 있었다. 우리는 둘 곳 없는 빈 방에서야 시진이의 말을 떠올렸다. 어떤 조각이든 모서리는 있어. 우리는 모서리부터 천천히 메꿨다. 열 손가락 중 아프지 않은 손가락을 하나씩 넣고 '이젠 안 그러겠다' 라고 거짓말을 했다.

밤이 식어갔다.

우리는 벽에 매달렸다
　　　　　　　　액자식으로
　　　　　　　　　멀찍이 서로를 바라보았다

아름다웠다

시진이 없는 집

진짜 죽은 것은 시진이가 아니었다

　　　방에서 타자 치는 소리가 들렸다

시진이네 ⟨자선대표시⟩
― 죽은 돌의 집

이소호

집을 지었다
손끝이 빨개질 때 까지 블록으로 집을 지었다
블록 조각이 사라질까 두려워 졸면서도
우리는 서로의 방을 지었다

언니는 마지막으로 내 방을 지으며 말했다
너는 나를 버릴거야

아냐 언니
내가 언니를 위해 거실에 천원점* 도 박아 놨어

---

* 천원(天元)은 바둑의 용어 중 하나로 바둑판의 중심점을 말한다.

이제 여기 기둥서방만 박아 넣으면 돼
잊지마 나는 언니를 사랑해

내가 형부를 언니처럼 어르고 달래고 만지는
사이
언니는 천원점을 잊고, 언니는 언니를 앓고 날마다 방구석
에서 말라 갔다

더러운 책걸상 머리카락 침대 그리고
잠만 자는 언니의 30년간의 주말

그러니까 언니 대신
내가 형부를 언니처럼 어르고 달래고 만지는
사이

형부와 나는 거실 가운데 땅따먹기를 하고
언니에게 펀치를 날린다

바보야 때리는 사람과 맞는 사람의 차이는 한끝차이 아니겠
어?

그러니까 우리는 가해자가 아냐
울지 말고 일어나 언니
언니는 여전히 집 안에 있다

우리는 숨구멍을 철수세미로 찔러 놓고 쇠붙이를 잘근잘근
씹어대는 언니의 숨소리를 들었다 집을 짓던 빨간 손으로,
피도 가시지 않은 언니를 먹는다 뼈는 남기고 살코기만 먹었다
언니를 빨던 빨간 우리의 손가락도
먹었다

네모로 만든 집 우리가 우리로 묶이는 네모난 식탁

언니는 길 잃은 치매노인처럼 집이 없다고
했다고 했다

나쁜 년
우린 너를 이렇게 사랑하는데
정말 아무것도 기억이 안나?

아무도

아무도 우리였던 우리를 기억하지 못했다

언니는 여전히 집 안에 있다

우리는 거실에 두 집 살림을 차리고 하얀 블록을 집었다
언니는 남겨진 까만 블록을 집고, 쌓으며 울었다
우리는 알고 있었다
까만 블록은 언제나 불리하다
까만 블록이 전부 공배*라는 사실을 우리는
알고 있었다

---

* 바둑에서, 어느 쪽이 두어도 이익이나 손해가 없는 빈 밭.
  둘 곳을 다 둔 뒤에 이 자리를 메운다.

먼 곳에서 갈대

김관용

그건 일종의 게임이었다
몇 년째 스무 살이 반복되었고
남자는 사다둔 유리병에 갈대를 꽂아두었다
중세로 열린 책장으로
비글을 안고 있던 여자가 사라졌다
여자가 사라진 길이 일방적이었다면
남자는 십 년의 자취로 눈동자를 비웠다
아침은 착각이었고 오후는 진흙투성이였다
바람의 질긴 혀를 뽑아 목을 맨 것 같다고
길 건너 상회는 말했다
집주인은 정말 오래된 이야기라고만 헛기침한다
내리는 비가 누군가의 시선을

뚝뚝 분지르고 사라질 무렵
우산을 터는 소리에 한 장의 꽃잎이
떨어진다 죽은 성자처럼
비는 남자의 심장으로 들어가는 좁은 문을 채웠다
한 때 허공 속 헛간에서도 여자의 가슴은
불씨 하나 타들어 가듯 고동쳤다
남자의 눈에서 마른 촛불 같은 것이 빛났었다
잠시 동안이었지만 그건 일종의 저수지였다
낮은 구름이 빠져나간 모퉁이에는 아직도
삼거리 쪽으로 고개 돌리던 먼 훗날이 남아있을까
어깨가 으스러지도록 뒹굴던 사랑은
결국 도요새가 남긴 만습지였다
어색했지만 그도 한 번쯤은 울컥했을 것이다
남자가 사다둔 유리병에 갈대를 꽂아둔다
고요와 고요 사이를 열십자로 그었을 때
바람의 배후에서는 천국이
비로소 젖은 흙벽처럼 흘러내렸다

다온의 침로 針路 〈자선대표시〉

김관용

바늘이 누워있네 방향이 쌓여있네 거대한 구조물일수록 용무가 많았고 날이 갈수록 북쪽이었네 외계는 쉽게 포기할수 없었네 모래땅은 산모 같아서 일찌감치 달의 뱃속에서 나를 지웠네 바람의 리액션에 화들짝 놀랐네 그러나 진지했네 취한 아랫배를 이끌고 찬 방으로 드는 것 역시 첫 문장이었네 바늘이 누워있네 태음인의 얼굴을 한 허공이 간지러웠네 슬픔을 마주한 이유는 예 있을 터, 슬픔이 지나간 자리를 헹구었네 몸이 있는 동안은 분간할 수 없었네 발목이 없었지만 계단은 움직였네 눈 덮인 발자국을 세어보니 목소리가 찢어졌네 밀담으로 주변을 외호키로 했다네 살아있을 때의 맛, 익히 알고 있었으나 기억나지 않는 우물이었네 상처를 뭉쳐보면 어느 부분에서 열감이 두드러지는지 방랑의

약칭으로 흔들렸네 폭설을 바라보는 저 가지의 근거는 상처
라네 같은 계단에서 방향이 어긋났네 쌓여있는 방향은 어둠이
었네 자정 없는 육체를 상속하듯 빛은 이 길로만 갈 것이라네
탁류에 혈자리가 걸렸네 선뜻 물의 기운에 손을 담그자 습기를
옹호하던 문자들이 내색하기 시작했네 목적은 언제나 목마른
것, 어디든 돌아다니다 정착한 곳을 과녁이라 정했네 널빤지를
말하듯 방향의 혀끝에는 먼지가 쌓여있네

공전의 저편, 수요시포럼*

2013년 수요시포럼 동인지 제10집.
10주년 기념 특집호로 꾸몄다.

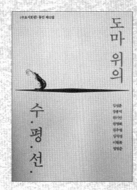

2015년 수요시포럼 동인지 제12집.
제목은 김익경 동인의 시에서 따왔다.

* 이 글은 2015년 웹진 시인광장에 수록하였던 동인 소개글을 재수록했다.

1. 들어가면서

현재성에 대해 생각한다. 현재라는 시간의 범주에 대해 생각한다. 모든 생각은 필요에 의해 발생한다는 점을 감안하지 않더라도 이것은 동인을 소개하기에 앞서 가장 먼저 선행되어야 할 작업이기 때문이다. 현재는 과거에 대한 배제라고 정리하면서 과거에 있어 왔지만 현재는 없는 동인들은 목록에서 제외하기로 한다. 이 현재성이야말로 수요시포럼을 지탱하는 아주 중요한 동력이기 때문이다.

행성은 서로 다른 역사와 크기, 서로 다른 빛과 공전궤도를 지니고 있다. 적어도 내가 아는 범주에서는 그렇다. 행성의 속성에 대한 이해 역시 수요시포럼을 이해하기 위해 중요하다. 내가 이 글을 쓰기 위해 고민한 수요시포럼의 성격은 정확히 행성들의 만남과 일치하기 때문이다. 2013년 발간된 수요시포럼 동인지 10집의 제목이 바로 《푸른 행성의 질주》인 것은 우연이 아니다.

2. 수요시포럼의 역사

수요시포럼은 2002년 10월 결성되어 2년 뒤인 2004년 첫 동인지 《바다에는 두통이 있다》를 출판하면서 그 존재를 드러내기 시작했다. 그 중심에 김성춘 동인이 있었다. 이미 바다 시인이라는 별칭으로 불릴 만큼 바다라는 공간에 대한 애착을 바탕으로 이를 다양한 세계로 확대하면서 문학적 재능과 시적 세계를 인정받은 분이었고 이후 진행되었던 수요시포럼의 많은 변화 속에서 언제나 자애롭고 애정 어린, 부드러운 중심으로서의 역할을 해 오신 분이다. 드문드문 흰머리가 섞인 부드러운 곱슬머리와 중후한 톤의 목소리는 나이듦이 갖는 아름다움이 어떠한 것인지를 느끼게 하고 동인들의 발표작들을 꼼꼼히 챙겨 읽고 손수 전화를 걸어 독후감을 넌지시 던지실 때는 어른이라는 개념이 절대적인 것이 아니라 상대적인 것임을 느끼게 하는 훌륭한 인품을 가지신 분이다.

이후 수요시포럼은 매년 딱 한 권씩 동인들의 작품을 4-5편씩 모아 동인지를 출판해 왔으며 2015년 10월 《도마 위의 수평선》을 12번째 동인지로 출판하였다. 이 글을 쓰고 있는 필자가 가입한 해가 2011년이었고 이 즈음 동인의 구성원들의 교체가 시작되었던 시기였다. 필자의 가입 이후 김익경(2011년), 강봉덕(2012년), 이원복(2014년) 동인이 가입하였고 몇몇 분은 동인을 탈퇴하셨거나 활동을 쉬고 계시니 역사에 비해 이 4년간의 구성원 변화는 수요시포럼을 상당히 현재성을 중시하는 방향으로 변화시켰다.

미루어 짐작하건대(대부분의 역사는 실재가 아니라 구전되는 이미지가 아니던가) 처음 수요시포럼은 울산에 생활의 기반을 둔 등단 시인들이 방어진 시인으로 널리 알려진 김성춘 선생님을 중심으로 모여 서로의 작품과 생활을 교류하기 위한 모임이었을 것이다. 울산이라는 은하계는 컨베이어 벨트의 작업내용만큼이나 철저하게 독립적인 면이 있어 아마도 이러한 분위기를 극복하고 지역 문인들의 유의미한 자리매김을 위하여 결성되었을 것이다. 필자가 수요시포럼에 겁도 없이 덜컥 가입하고 6년의 시간이 흐른 지금까지 초창기 수요시포럼에 대한 이야기를 들을 기회는 거의 없었다. 수요시포럼은 언제나(적어도 내가 몸담고 있었던 기간 동안 만큼은) 스스로 현재를 통해 규정하기 때문이다. 그리고 13년이 지난 지금, 현재 시를 중심으로 공전하고 있는 동인들이 일 년에 한 번 작품을 묶어 동인지를 출판하고 있다.

2015년을 기준으로 8명의 동인이 그들의 공전궤도에서 만났던 싸움과 관찰의 기록, 혹은 욕망과 초월의 기록들을 모아한 권의 책으로 묶고 기꺼이 동인들, 그리고 나아가 세상과 공유한다. 존중과 그에 따르는 책임이 수요시포럼을 이루고 있는또 하나의 구성원인 셈이다.

3. 봄, 가을, 그리고 출판기념회

봄밤, 동인들은 김성춘 동인이 몸담고 있는 경주에 모여 그해 동인지 출판 방향에 대한 편집회의를 한다. 겨울에서 막벗어난 동인들의 모습을 만나는 일은 꽤나 흥미롭다. 봄밤의정취와 꽤 잘 어울리는 모습도 있고 미처 겨울에서 벗어나지못한 모습도 있다. 늘상 옆에 두고 보는 사람들이 아닌 까닭에 작은 변화와 미묘하게 달라진 어투도 꽤나 신선하게 다가온다. 그리고 우리는 편집 회의라는 명분으로 서로의 근간과눈 여겨 봐야 할 신간과 눈 여겨 보는 작가와 서로의 생각과고민을 공유한다. 그리고 이런저런 담소와 더불어 한 해의 결과를 담아낼 틀을 짠다. 이 과정에서 김익경 동인은 때로 막연할 수 있는 생각에 구체성을 더하는 질문과 확인을 담당한다. 마치 여행을 떠나기 전 지도 어플리케이션을 보면서 미리 그 곳을 확인하는 것처럼 선명하게 구체화하는 능력이 탁월해서 마치 건축가 같은 느낌이 드는 분이다. 이렇게 편집회의에서 결정된 내용은 김익경 동인의 정리와 재구성을 통해 동인들에게 다시 메일로 발송된다. 언제나 느끼지만 김익경 동인의 메일은 촘촘하게 잘 짜인 서사물 같은 느낌이 들고 더불어 근사한 결과물을 꿈꾸게 하는 힘이 있다. 2015년 말부터 필자가 그 일을 담당하게 되었는데 마치 아시아 홈런 신기록을 세운 이승엽의 다음 타석에 들어서는 기분이다. 그리고 여름이 갈 무렵, 시집 출판 두어 달 전에 원고 청탁을 통해 시와 산문 등 필요한 원고를 모으고 원고 마감 이후에는 편집회의를 통해 책으로 묶어내기 위한 준비와 시집의 제목을 정하는 힘든 작업을 거친다. 이러한 작업들은 주로 권주열 동인의 생활공간인 강동약국의 소파에서 이루어진다. 강동약국은 울산 강동마을의 바닷가에 위치한 곳으로 문인들 사이에 이름난 공간이며 문을 열고 들어가는 순간 훅 끼쳐오는 약품 냄새와 커피 냄새, 오래된 책 냄새 끝에 사람 좋은 반가움이 가득 묻어나는 권주열 동인의 웃음이 함께 어우러져 묘한 느낌을 선사한다. 이 느낌이 어쩌면 해마다 고심 끝에 결정되는 동인지의 이름을 순산하게 하는 보이지 않는 힘이 아닐까하는 생각을 한 적도 있다. 김성춘 동인이 수요시포럼의 아버지 같은 느낌이라면 권주열 동인은 나이 터울이 꽤 나는 큰형 같은 느낌이다. 아버지의 자애로움을 그대로 이어 받았으나 자신만의 엄격함과 고집을 애써 티내지 않는. 권주열 동인은 편집회의 전 동인들의 작품을 꼼꼼하게 읽고 격려와 조언을 아끼지 않는다. 날 선 비판도 마치 머리를 쓰다듬어주며 던지는 칭찬처럼 표현할 수 있는 드문 사람이다. 그래서 그런지 눈치 빠른 동인들은 요즘 권주열 동인의 칭찬 저편에 숨어 있는 의미에 대해 고민하기도 한다.

그렇게 원고를 정리하고 제목을 결정하고, 출판사와 급박한 협의 과정을 거쳐 표지디자인까지 결정되는 가을, 추석을 전후해 출판기념회를 갖는다.

출판기념회라는, 1년에 한 번 돌아오는 그 시간은 동인들이 새로운 공전을 준비하는 중요한 계기가 되곤 한다. 서로의 작품을 살펴보고 품평하는 그 짧은 밤(실제로는 길다. 다음 날 아침까지 이어지는 경우도 종종 있으며 대체로 신문 배달 즈음에 귀가하게 된다)은 격려와 공감, 아쉬움의 토로가 지치지 않고 오간다.

2013년 출판기념회에서 만나 환하게 웃는 수요시포럼의 김성춘 동인과 부산 세드나Sedna의 허만하 선생님.

　이 자리에는 동인들만큼이나 반가운 사람들이 늘 함께한
다. 거의 매년 거르지 않고 출판기념회을 찾아 주시는 부산
세드나 동인의 허만하 선생님과 정익진, 조말선, 김참, 김형
술 시인이 그들이다. 언어와 세계에 대한 단단한 성취를 바탕
으로 동인들에게 늘 고민거리를 던져주시는 허만하 선생님
은 존재만으로 좌중을 압도하시지만 늘 동인들의 이야기에
귀기울여 주시고 '너머'의 지혜를 던져 주시는 고마운 분이
다. 김성춘 동인과의 오랜 인연의 끈으로 수요시포럼과 관계
를 맺게 된 이후, 늘상 관심과 애정을 가지고 먼 길을 오가는
수고를 마다하지 않으시고 작품에 대한 가감 없는 비평과

해야 할 고민을 던져주는 분이시다. 정익진 시인과 조말선 시인은 새벽까지 자리를 지키며 어쩌면 수요시포럼의 동인 보다 더 애정 어린 조언을 아끼지 않으시는 분들이다. 새벽이 넘어가면서 다소 과격해지는 그 분들의 말씀과 눈빛이 갖는 진정성은 출판기념회의 또 다른 즐거움이기도 하다. 그리고 정겨운 이웃 보다는 낯선 자의 눈으로 작품을 살펴보고 작품에 대해 조언을 해 주는 김형술, 김참 시인 역시 만날 때 마다 반가운 얼굴들이기도 하다.

2015년 출판기념회 및 권기만 동인의 첫 시집 발간을 축하하는 자리. 좌측부터 김성춘 동인, 권기만 동인.

그리고 2015년 출판기념회는 권기만 시인의 재미있는 제목의 시집 《발 달린 벌》의 출판기념회도 함께 더해져 더욱더 의미 있는 모임이 되기도 했다. 권기만 시인은 놀라울 정도로 집요하게 작품 창작에 임하는 자세가 돋보이고 언제나 진지한 자세로 문학을 고민하는 분이어서 이후의 작품 세계가 더 기대되는 동인이다. 그리고 수요시포럼의 '3권(씨)' 중 한 명인 권영해 동인은 사교성이 좋고 대화의 기술이 뛰어나 각종 행사에서 좌중을 이끄는 분으로 시가 갖는 소탈함과 일상성이 어디에서 비롯되는지를 한 눈에 알아 볼 수 있는 분으로 이번 출판기념회에서도 축하를 위해 자리한 다양한 울산의 문인들과 허물 없는 분위기를 만들어 낸 분으로 수요시포럼을 오래도록 지켜온 터줏대감이다. 그리고 가입한 지는 얼마 되지 않았지만 강봉덕 시인은 따뜻한 미소와 겸손한 말투가 절로 사람을 무장해제시키는 동인으로 매사에 예의 바른 언행이 돋보이는 분이지만 시에 있어서만큼은 전투력이 상당한 동인으로 가입 이후 오직 작품 하나로 동인들을 긴장시키고 있으며 막내 이원복 시인 역시 세밀한 관찰력과 재미있는 상상력이 돋보이는 시인으로 어느덧 수요시포럼의 중심축으로 자리 잡고 있다. 마지막으로 필자는 수요시포럼에서 동인지의 분량을 담당할 정도로 서사성이 두드러지는 긴 시를 쓰

고 있으며 앞서 소개한 많은 동인들에게 누가 되지 않기 위해
노력하고 있으며 주로 사회적 문제에 대해 관심을 갖고 형상
화하고 있다.

2014년 시화전의 모습. 앞줄 왼쪽부터 정익진, 김참, 허만하, 김성춘, 김형술, 권주
열 시인의 모습. 뒷 줄에 임윤시인, 장창호 극작가, 김옥곤 소설가의 모습이 보인다.

2014년 시화전 뒷풀이. 건배를 권하는 권영해 동인과 허만하 선생님. 권영해 시인
좌측은 김종미 시인.

수요시포럼 출판기념회의 분위기를 고스란히 느낄 수 있는 2014년 출판기념회의 모습이다. 좌측 전면부터 이상열 동인, 권영해 동인, 조말선 시인, 김성춘 동인, 권기만 동인, 이원복 동인이며 우측열 전면부터 권주열 동인, 허만하 선생님, 정익진 시인, 김익경 동인, 강봉덕 동인.

    수요시포럼은 이처럼 서로 다른 행성들이 모여 하나의 은하를 형성하고 있다. 동인이 작품세계나 취향, 어투, 삶의 방식, 그리고 주량도 다들 다르지만 서로 다른 이들의 작품이 한권의 동인지로 묶이는 순간 서로 다른 궤도가 뒤엉키며 더 광활한 하나의 우주가 만들어짐을 다들 알고 있다. 그래서 매년 우리는 쓰고 묶고 돌아본다. 그리고 다시 자신의 궤도로 나아간다. 뒷꿈치를 들어 슬그머니 공전축을 뒤틀면서 말이다.

4. 수요시포럼 동인지

- 2004. 04. 제1집 《바다에는 두통이 있다》, 혜화당
- 2005. 05. 제2집 《대릉원에는 고래가 산다》, 문화탐구
- 2006. 06. 제3집 《내 눈 속에 물의 주차장이 있다》,
  시와 반시
- 2007. 08. 제4집 《부의賻儀》, 시로 여는 세상
- 2008. 09. 제5집 《그는 나무와 한 통속이다》, 시와 반시
- 2009. 11. 제6집 《당신이 여기저기 널어놓은 것》,
  도서출판 이웃
- 2010. 11. 제7집 《벽의 궁금한 쪽이 문이다》,
  도서출판 이웃
- 2011. 09. 제8집 《너무 눌러쓰면 벌레가 된다》,
  도서출판 이웃
- 2012. 09. 제9집 《봄은 몇 층입니까》, 도서출판 이웃
- 2013. 09. 제10집 《푸른 행성의 질주》,
  도서출판 사문난적
- 2014. 09. 제11집 《캥거루의 밤》, 도서출판 사문난적
- 2015. 09. 제12집 《도마 위의 수평선》,
  도서출판 사문난적